LUCY HAWKING est écrivain. Collaboratrice de nombreux journaux britanniques (*Daily Mail, Daily Telegraph, The Times*, entre autres), elle travaille aussi pour la radio. Elle a déjà publié deux romans. Elle vit à Cambridge et a un fils.

STEPHEN HAWKING est un professeur lucasien de mathématiques et de physique théorique à l'université de Cambridge. Il est considéré comme l'un des physiciens théoriques les plus brillants depuis Albert Einstein. Son ouvrage pour le grand public, *Une brève histoire du temps*, s'est imposé comme un livre événement (plus de 12 millions d'exemplaires vendus dans le monde) et a été traduit en une trentaine de langues.

Georges et les secrets de l'Univers est le premier livre que Stephen Hawking écrit avec sa fille.

CHRISTOPHE GALFARD, docteur en physique théorique, ancien étudiant de Stephen Hawking, a collaboré à l'intrigue, la science et les images scientifiques de ce livre. Il vit aujourd'hui en France où il travaille à l'écriture de son prochain roman et donne des conférences grand public sur notre monde, l'espace et l'univers.

*Pour plus de détails (en anglais) sur les ouvrages
de Stephen Hawking à destination d'un public adulte :*
www.hawking.org.uk

www.georgessecretkey.com

LUCY & STEPHEN
HAWKING

avec CHRISTOPHE GALFARD

Illustrations de Garry Parsons

Traduit de l'anglais par Frédérique Fraisse

POCKET JEUNESSE

Titre original :
George's Secret Key to the Universe

Publié pour la première fois en 2007
par Doubleday, un département
de Random House Children's Books, Londres.

Loi n° 49 956 du 16 juillet 1949 sur les publications
destinées à la jeunesse : septembre 2007

ISBN 978-2-266-17935-5

Pour William et George,
avec tout notre amour.

Chapitre premier

« Les cochons ne disparaissent pas comme ça », pensa
Georges, à l'entrée de la cabane vide. Était-il victime
d'une illusion d'optique ? Il ferma les yeux, les rouvrit
aussitôt. Non, les grosses fesses boueuses de son cochon
rose n'avaient pas réapparu. En y regardant de près,
Georges se dit que le pire restait à venir. La porte du fond
était entrouverte : quelqu'un avait oublié de la fermer. Et
ce quelqu'un… c'était lui.

— Georges ! Le dîner sera prêt dans une heure ! Tu as
fait tes devoirs ?

— J'arrive, maman, répondit-il, d'une voix fausse-
ment enjouée.

— Ton cochon va bien ? lança-t-elle depuis la cuisine.

— Oui, oui ! mentit Georges qui manqua s'étrangler.

Il improvisa aussitôt quelques grognements, *grouik
grouik*, pour lui faire croire que la vie suivait son cours
dans le jardin, où s'épanouissaient des quantités

incroyables de légumes, et surtout dans le cabanon, où vivait (avant sa mystérieuse disparition) un énorme cochon. Georges grogna encore pour la forme : il devait tenir sa mère à l'écart du jardin, jusqu'à ce qu'il retrouve son cochon, le ramène sous le bras et verrouille les deux portes du cabanon. Après seulement, il pourrait rentrer dîner.

Comment allait-il s'y prendre ? Il n'en avait pas la moindre idée.

Georges savait bien que ses parents n'appréciaient pas son cochon. Jamais ils n'auraient voulu d'un tel animal chez eux. Son père en particulier grinçait des dents chaque fois qu'il pensait à l'intrus qui résidait non loin de son précieux jardin potager. Georges avait reçu ce cochon en cadeau quelques années plus tôt. La veille de Noël, un livreur leur avait remis un carton qui couinait et reniflait. En l'ouvrant, il était tombé nez à nez avec un porcelet rose assez mécontent. Il l'avait sorti avec douceur de sa boîte et avait observé d'un œil enchanté son nouvel ami trottiner autour du sapin. Un mot accompagnait le carton :

Chers tous,
Joyeux Noël ! Pouvez-vous héberger ce petit bonhomme qui n'a pas de toit ?
Avec tout mon amour,

Mamie.

Inutile de préciser que le père de Georges n'avait pas accueilli avec joie ce nouveau membre de la famille. On peut être végétarien et ne pas adorer les animaux pour autant. Non, son père préférait les plantes. Il est plus facile de s'en occuper : elles n'entrent pas à l'improviste dans la cuisine, ne laissent pas des traces de boue sur le carrelage et ne dévorent pas les biscuits oubliés sur la table. Quant à Georges, ravi d'avoir un cochon bien à lui, il remercia chaleureusement sa bienveillante grand-mère.

Comme chaque année, les cadeaux déposés sous le sapin par ses parents étaient atroces : les manches du pull-over à rayures mauves et orange tricoté par sa mère touchaient le sol ; la flûte de Pan ne figurait pas sur sa liste au père Noël ; enfin, il eut beaucoup de mal à exprimer de l'enthousiasme devant le kit « La ferme aux asticots ». Dans ses rêves les plus fous, Georges recevait un… ordinateur ! Seulement voilà ! Il était hors de question que ses parents lui en achètent un. Ces derniers n'aimaient pas beaucoup les inventions modernes ; ils essayaient autant que possible de se passer d'appareils ménagers. Désireux de vivre une vie simple et saine, ils lavaient leurs vêtements à la main, n'avaient pas de voiture et, à la nuit tombée, allumaient des bougies pour ne pas avoir à utiliser l'électricité.

Leur but : donner la meilleure éducation à Georges, une alimentation naturelle – sans toxines ni conservateurs – loin des radiations et autres phénomènes maléfiques. Il n'y avait qu'un problème : en se débarrassant de tout ce qui pourrait nuire à leur fils, ils le privaient aussi de nombreux plaisirs. Les parents de Georges aimaient les danses folkloriques, les marches contestataires en faveur de l'environnement et le pain maison fait avec de la farine moulue par leurs soins. Georges, non.

Il rêvait de Disneyland, de montagnes russes, voulait jouer à la console, prendre l'avion et visiter des pays lointains. Pour l'instant, il n'avait obtenu qu'un cochon.

Un cochon très sympathique au demeurant. Georges, qui l'avait baptisé Fred, aimait passer du temps en sa compagnie. Assis sur la barrière devant la porcherie construite par son père dans le jardin, il regardait Fred s'ébattre sur la paille fraîche ou renifler le sol poussiéreux. Au fil des saisons, le porcelet avait grossi à tel point que, dans la pénombre, on aurait pu le confondre avec un éléphanteau. Plus Fred grandissait, plus il était à l'étroit dans son cabanon. Aussi, chaque fois que l'occasion se présentait, il s'évadait et partait saccager le jardin potager. Il piétinait les carottes, grignotait les choux, mâchonnait les fleurs que Rosemarie, la maman de Georges, avait patiemment semées. Même si elle répétait souvent qu'il faut aimer tous les animaux de la création, Georges la soupçonnait de détester Fred les jours où le cochon mettait à sac ses plantations. Elle était végétarienne, comme son mari. Pourtant, Georges aurait juré l'avoir entendue une fois marmonner le mot « saucisse », alors qu'elle nettoyait la cuisine après le passage de l'ouragan Fred.

Aujourd'hui, Fred n'avait pas touché un seul légume. Au lieu de se déchaîner dans le potager, l'animal semblait être passé à l'étape supérieure. Dans la clôture qui séparait leur terrain de celui du voisin, Georges remarqua soudain un drôle de trou, de la taille d'un cochon. La veille, il n'y était pas, puisque Fred était enfermé à double tour dans sa porcherie. Le garçon devait se rendre à l'évidence : Fred, cet animal obstiné, risque-tout, imprudent et rose bonbon avait préféré l'aventure à la sécurité du jardin.

Il flottait autour de la maison voisine une aura de mystère. Georges ne se souvenait pas l'avoir vue habitée. Alors que tous les propriétaires de la rue entretenaient leur jardin, allumaient leurs lampes le soir, entraient et sortaient en claquant les portes, cette maison restait silencieuse, triste et sombre. Aucun bébé n'y gazouillait au petit matin, aucune mère ne criait « À table ! ». Le week-end, aucun bruit de marteau, aucune odeur de peinture. Personne ne venait réparer les fenêtres cassées ni nettoyer les gouttières. Des années d'abandon avaient permis à la nature de reprendre le dessus et de transformer le jardin en forêt amazonienne. Chez Georges, tout était net, propre et très ennuyeux. Les plants de haricots étaient solidement attachés à leurs tuteurs, les grosses laitues alignées à la perfection, comme les fanes vert foncé des carottes ou les rangées de pommes de terre. Georges ne pouvait pas jouer au foot de peur que le ballon ne tombe au milieu des framboisiers taillés avec soin. Ses parents lui avaient d'ailleurs délimité une minuscule parcelle, dans l'espoir qu'il se passionne pour le jardinage et envisage de devenir un jour fermier bio. Plus intéressé par le ciel que par la terre, Georges laissa donc son bout de planète à la merci des cailloux, des mauvaises herbes et des bestioles, et se consacra aux étoiles avec la ferme intention de les compter toutes.

À côté, tout était différent. Georges grimpait souvent sur le toit de la porcherie pour contempler la merveilleuse forêt vierge. Les buissons, les troncs noueux, les branches enchevêtrées représentaient un terrain de jeu idéal pour un jeune aventurier. Les ronces serpentaient bizarrement, s'entrecroisant, telles des voies de chemin de fer dans une gare. En été, le liseron enfermait le moindre arbuste dans une toile d'araignée verte. Les pissenlits s'étalaient, les orties déployaient leurs maudites feuilles, comme des envahisseurs extraterrestres prêts à en découdre, et, parmi les herbes folles, les minuscules myosotis semblaient faire des clins d'œil au jeune garçon.

LE CIEL ÉTOILÉ

La journée, une seule étoile est visible dans le ciel. Cette étoile, la plus proche de nous, affecte tout particulièrement notre vie de tous les jours. Elle se nomme le Soleil.

La Lune et les planètes n'émettent pas de lumière. Elles semblent lumineuses la nuit parce que le Soleil les éclaire.

Tous les autres points lumineux que nous apercevons dans le ciel nocturne sont des étoiles semblables à notre Soleil. Certaines sont plus grosses, d'autres plus petites. À l'œil nu, par une nuit sans nuages, loin des sources de lumières émanant des villes, il est possible d'en voir des centaines.

La nuit, le ciel comporte quelques objets visibles, autres que des étoiles. Ce sont la Lune et les planètes, comme Vénus, Mars, Jupiter ou Saturne.

NON. Georges avait essuyé un refus catégorique quand il avait suggéré d'agrandir son aire de récréation. Ce n'était pas un « non » normal, qui pouvait gentiment se transformer en « oui », mais un « non » qui signifiait : « Nous avons peur que tu te blesses si tu joues là-bas. » Un vrai « NON », en majuscules, qu'on ne discute pas, le même « NON » prononcé quand il avait mentionné le fait que ses camarades de classe possédaient tous la télévision – certains la regardaient même dans leur chambre ! – et que peut-être ses parents pourraient envisager d'en acheter une. Aussitôt, son père lui avait servi une tirade sur la pollution du cerveau par des émissions plus débiles les unes que les autres. Au sujet du jardin d'à côté, Georges n'avait même pas eu droit à un sermon, juste à un « NON » ferme. Fin de la conversation.

Mais Georges était un garçon qui aimait bien connaître le pourquoi du comment. Devinant qu'il n'obtiendrait aucune réponse de la part de son père, il s'était tourné vers sa mère.

— Oh, Georges ! Tu poses trop de questions, avait soupiré Rosemarie qui hachait des choux de Bruxelles et des navets pour les ajouter à la pâte à gâteau.

Sa mère avait une fâcheuse tendance à cuisiner tout ce qui lui tombait sous la main, au lieu de choisir des ingrédients susceptibles de constituer un plat comestible *et* bon.

— Je veux juste savoir pourquoi je n'ai pas le droit d'aller à côté, avait insisté Georges. Si tu me le dis, je ne poserai plus de questions de la journée. Promis.

Rosemarie s'était essuyé les mains sur son tablier à fleurs et servi une tisane d'ortie.

— D'accord, Georges. Je te raconterai une histoire si tu m'aides à préparer les muffins.

Elle lui avait passé un grand saladier en terre cuite et une cuillère en bois avant de s'asseoir. Georges s'était mis à touiller l'épaisse mixture jaune constellée de morceaux de légumes verts et blancs.

— Il y a plusieurs années de cela, avait commencé sa mère, quand nous avons emménagé ici, avant ta naissance, un vieil homme vivait dans cette maison. On le voyait rarement, mais je me souviens très bien de lui. Il avait la plus longue barbe que j'aie jamais vue – elle lui descendait jusqu'aux genoux ! Il était sans âge et semblait avoir toujours vécu dans le coin.

— Que lui est-il arrivé ? avait demandé Georges, qui avait déjà oublié sa promesse de ne plus poser de questions.

— Nul ne le sait. Du jour au lendemain il a disparu.

— Il est peut-être parti en vacances ? avait suggéré Georges, la cuillère à la main.

— Dans ce cas, il n'est jamais revenu. La maison a été fouillée de fond en comble, sans qu'on retrouve aucune trace. Et personne n'a jamais revu l'homme à la longue barbe.

— Non !

— Il y a quatre ou cinq ans, avait enchaîné sa mère tout en soufflant sur sa tasse, nous avons entendu des bruits, comme des coups de marteau au milieu de la nuit, et des voix. Nous avons vu des lumières. Des squatters s'y étaient installés et la police a dû les chasser. La semaine dernière, ton père et moi avons cru entendre à nouveau du bruit. Nous ignorons qui peut vivre dans cette maison, voilà pourquoi Papa ne veut pas que tu traînes là-bas, Georges.

16

Posté devant le grand trou noir dans la clôture, Georges se souvint de cette conversation avec sa mère. L'histoire qu'elle lui avait racontée ne l'avait pas détourné de son projet, bien au contraire. La maison continuait de l'attirer irrésistiblement. Cependant, c'était une chose de vouloir aller de l'autre côté en sachant que c'était interdit, et une autre d'être obligé de s'y rendre. Soudain, la bâtisse lui sembla sombre, effrayante ; une partie de lui-même désira retrouver la flamme vacillante des bougies, l'odeur bizarre des plats cuisinés par sa mère, la sécurité d'une porte qu'on ferme à clef. Cela signifiait aussi abandonner Fred, en danger. Georges ne pouvait pas non plus demander de l'aide à ses parents – autant signer tout de suite l'arrêt de mort de son cochon ; il lui reviendrait sous forme de grosses tranches de jambon. Georges inspira un bon coup : il devait le faire, il devait franchir la clôture. Les yeux fermés, il plongea dans le trou.

Quand il rouvrit les yeux, il se trouvait au cœur de la jungle. Au-dessus de sa tête, le feuillage était si dense qu'on voyait à peine le ciel. La nuit tombait. Dans l'épaisse forêt déjà sombre, Georges remarqua que les herbes piétinées formaient comme un sentier. Il le suivit en espérant qu'il le mènerait à Fred. Des plantes collantes s'accrochaient à son pantalon et des ronces lui griffaient les bras. Le sol spongieux s'enfonçait sous ses pieds, des orties géantes lui piquaient les bras. Au fur et à mesure qu'il avançait, le vent poussait de longs soupirs dans le sous-bois et semblait répéter : « Fais attention. Fais attention. »

Le sentier mena enfin Georges à l'arrière de la maison abandonnée. Jusque-là, il n'avait ni vu ni entendu le fuyard. Mais, sur les dalles brisées devant la porte, Georges découvrit des traces de boue que seul un cochon pouvait laisser. En observant les empreintes, il n'eut aucun doute sur la destination de Fred. L'animal avait profité de la porte entrouverte pour se faufiler à l'intérieur. Et, pire, alors que personne ne vivait là depuis des années, Georges aperçut de la lumière.

La vieille baraque était habitée.

Chapitre 2

Georges se retourna. Il devait rebrousser chemin, alerter ses parents. Mieux valait avouer à son père qu'il avait désobéi et traversé la clôture, que rester seul sur ce perron. Il décida néanmoins de jeter un coup d'œil par la fenêtre, au cas où il découvrirait Fred, avant de revenir plus tard en compagnie de son père.

Le rayon de lumière qui provenait de la maison vide attirait Georges. Sa couleur dorée ne ressemblait pas à la lueur des bougies chez lui ni à l'éclat bleuté des néons du collège. Bien que terrifié et claquant des dents, il s'approcha à pas de loup, jusqu'à coller son nez contre la vitre. Sous les lamelles du store baissé, il distingua une table de cuisine où traînaient une théière, des tasses et de vieux sachets de thé. Soudain, un mouvement le surprit. Il plissa les yeux. Oui, là, sur le carrelage, c'était bien Fred, son cochon ! aussi entier, énorme et sale qu'à son habitude. Le groin plongé dans un bol, il lapait à grand bruit un mystérieux breuvage violet !

Le sang de Georges ne fit qu'un tour. Fred était tombé dans un piège !

— Nooon ! s'écria Georges. C'est du poison. Ne bois pas ! lui ordonna-t-il en tapant sur la vitre.

Le plus gourmand des cochons ignora la voix de son maître et continua de laper goulûment le contenu du bol. Sans réfléchir davantage, Georges se rua dans la cuisine, s'empara du récipient et le vida dans l'évier. Tandis que le liquide violet s'écoulait par la bonde, il entendit une petite voix derrière lui.

— Qui... es-tu ?

Georges fit volte-face et se trouva nez à nez avec une fillette vêtue d'un costume extraordinaire. Elle avait superposé plusieurs couches de tissus multicolores, comme si elle s'était enroulée dans des ailes de papillon.

Georges bredouilla quelques mots. Cette enfant étrange, avec ses longs cheveux blonds emmêlés et son serre-tête orné de plumes bleues et vertes, n'avait pas du tout peur de lui.

— Et toi ? Qui es-tu ? rétorqua-t-il sur un ton indigné.

— J'ai demandé la première. Et de toute façon, ici c'est ma maison. Je n'ai pas à te répondre si je n'en ai pas envie !

— Je m'appelle Georges, répondit l'intéressé qui tendit le menton, comme chaque fois qu'on le contrariait.

Il désigna Fred.

— Lui, c'est mon cochon. Et tu l'as kidnappé.

— Je n'ai pas kidnappé ton cochon, s'énerva la fillette. Quelle drôle d'idée ! Pourquoi je voudrais d'une bête pareille ? Je suis ballerine, et il n'y a pas de cochons dans le ballet.

— Ballet… marmonna Georges.

Ses parents l'avaient inscrit plus jeune à un cours de danse et jamais il n'oublierait ce supplice.

— Peu importe, abrégea-t-il, tu n'es pas assez âgée pour être ballerine. Tu n'es qu'une gamine.

— Pour tout te dire, je suis dans le corps de ballet, rétorqua la petite arrogante. Ça se voit que tu n'y connais rien.

— OK. Si tu le prends sur ce ton… Pourquoi Madame essayait-elle d'empoisonner mon cochon, hein ?

— Ce n'est pas du poison, renifla-t-elle, mais du jus de cassis. Je croyais que tout le monde le savait.

Étant donné que ses parents ne lui autorisaient que du jus de pomme maison, Georges se sentit soudain très bête.

— Hum… Ce n'est pas vraiment chez toi, ici, répliqua-t-il, bien décidé à avoir le dernier mot. Cet endroit appartient au vieil homme à la longue barbe qui a disparu depuis des années.

— C'est ma maison ! s'exclama la fillette dont les yeux bleus lançaient des éclairs. J'habite ici sauf quand je danse sur scène.

— Où sont tes parents alors ?

— Je n'ai pas de parents, déclara-t-elle avec une moue boudeuse. Je suis orpheline. Quand on m'a trouvée dans les coulisses, j'étais enveloppée dans un tutu. Le ballet m'a adoptée, et voilà pourquoi je suis une danseuse aussi douée.

Elle renifla très fort.

— Annie ! résonna une voix masculine dans le couloir.

La fillette se figea.

— Annie ! Où es-tu ?

La voix se rapprochait.

— Qui est-ce ? demanda Georges sur un ton soupçonneux.

— C'est… Euh… Ben, euh…

Soudain, ses chaussons de danse captivèrent toute son attention.

Un homme grand, aux cheveux noirs en bataille et aux lunettes épaisses en équilibre précaire sur son nez, entra dans la pièce.

— Ah ! Te voilà enfin, Annie ! Qu'est-ce que tu fabriques ?

— Moi ? Elle arbora un sourire étincelant. J'offrais à boire au cochon.

L'homme parut contrarié.

— Annie… Nous en avons déjà parlé. Cesse de raconter des histoires pour…

Il s'interrompit en apercevant Georges et… Fred. Son groin et sa bouche violets donnaient l'impression qu'il souriait.

— Un cochon… Dans la cuisine… Je vois… bafouilla l'homme. Excuse-moi, Annie. Je croyais qu'il s'agissait encore d'un de tes mensonges. Eh bien, bonjour !

L'homme traversa la pièce et tendit la main à Georges. Puis il tapota doucement la tête de Fred entre les deux oreilles.

— Salut !

Comme il semblait à court de mots, Georges se présenta.

— Je m'appelle Georges. Et voici Fred, mon cochon.

— Ton cochon, répéta l'homme avant de se tourner vers Annie.

Celle-ci haussa les épaules et lui lança un regard qui voulait dire : « Tu vois ! »

— J'habite la maison d'à côté, expliqua Georges. Mon cochon s'est enfui par un trou dans la clôture, alors je suis venu le chercher.

— Ah, d'accord ! s'exclama l'homme. Je me demandais comment vous étiez arrivés ici. Moi, c'est Éric. Je suis le père d'Annie.

— Le père d'Annie ? s'étonna Georges qui sourit à la fillette blonde.

Celle-ci leva les yeux au ciel, refusant de croiser son regard.

— Nous sommes tes nouveaux voisins, continua Éric.

D'un grand geste de la main, il montra le papier peint décollé, les vieux sachets de thé moisis, les robinets qui fuyaient à grosses gouttes et le lino déchiré.

— C'est encore un peu le bazar. Nous ne sommes pas là depuis longtemps. Voilà pourquoi nous n'avons pas encore eu l'occasion de nous rencontrer. Tu veux…

Éric s'ébouriffa les cheveux et fronça les sourcils.

— Tu veux boire quelque chose ? Je vois qu'Annie s'est occupée de ton cochon.

— J'aimerais bien du jus de cassis, s'empressa de demander Georges.

Annie secoua la tête.

— Y en a plus.

Georges ne put cacher sa déception. Pour une fois qu'il pouvait goûter une boisson sympa, son cochon l'avait devancé.

Éric ouvrit plusieurs placards, mais tous étaient vides. Il prit un air désolé.

— Un verre d'eau ? lui proposa-t-il en lui indiquant le robinet.

Georges hocha la tête. Il n'était pas pressé de rentrer. D'habitude, quand il jouait chez des amis, cela le déprimait de constater à quel point ses parents menaient une vie différente. Mais là, cette situation insolite le rendait joyeux. Il avait enfin trouvé une famille plus bizarre que la sienne ! Alors que ces pensées lui réchauffaient le cœur, Éric gâcha cet instant magique.

— La nuit tombe. Tes parents savent que tu es là, Georges ?

Il s'empara du téléphone posé sur la table de la cuisine.

— Si je leur passais un petit coup de fil, histoire de les rassurer ?

— Heu… marmonna Georges.

— Tu me donnes ton numéro ? insista Éric qui le regardait par-dessus ses lunettes. Peut-être seront-ils plus faciles à joindre sur leur portable ?

— Ils… Heu…

Georges qui ne voyait pas d'autre issue lâcha dans un souffle :

— … ils n'ont pas le téléphone.

— Pourquoi ? interrogea Annie, les yeux écarquillés de stupéfaction.

— Ils…

Annie, visiblement horrifiée à l'idée qu'on puisse vivre sans portable, et Éric le dévisageaient. Georges se sentit obligé d'expliquer.

— Mes parents pensent que la technologie a tout envahi mais qu'on peut s'en passer. Ils disent que les gens polluent la planète à cause des découvertes scientifiques et des inventions modernes.

— Vraiment ?

Les yeux d'Éric pétillaient derrière ses verres épais.

— Comme c'est intéressant.

À cet instant, le téléphone dans sa main émit un tintement musical.

— Je peux répondre ? S'il te plaît, s'il te plaît, s'il te plaît… réclama Annie qui s'empara de l'appareil. Maman !

Et dans un frou-frou multicolore, la fillette se précipita hors de la cuisine. Sa voix aiguë et ses petits pas pressés résonnaient dans le couloir.

— Devine quoi, maman ! Un drôle de garçon est venu à la maison !

Georges rougit jusqu'aux oreilles.

— … et il a un cochon !!

Sans quitter Georges des yeux, Éric poussa doucement la porte de la cuisine avec son pied.

— … et il n'a jamais bu de jus de cassis ! ajouta la voix perçante.

Éric remplit un verre au robinet.

— … et ses parents n'ont même pas le téléphone !

Bien que la conversation d'Annie fût assourdie, ils

percevaient encore chacune de ses phrases assassines. Éric alluma la radio et tourna le volume à fond.

— Bien, Georges ! s'exclama-t-il. Où en étions-nous ?

— Je ne sais pas, répondit Georges, qui eut du mal à se faire entendre dans ce vacarme.

Éric lui lança un regard compatissant.

— Tiens, je vais te montrer quelque chose de drôle, cria-t-il.

Il sortit une règle de sa poche et la brandit sous le nez de Georges.

— Connais-tu cet objet ? hurla Éric.

— C'est une règle, répondit Georges, même si la réponse était plutôt évidente.

— Exact ! s'écria Éric, qui se frottait à présent le crâne avec. Maintenant regarde !

Il approcha la règle du robinet ouvert. Aussitôt, le mince filet d'eau s'incurva et coula de travers. Éric éloigna la règle et l'eau reprit son cours normal. Il donna la règle à Georges qui la passa à son tour dans ses cheveux avant de l'approcher à nouveau du filet d'eau. Le même phénomène se reproduisit.

— C'est de la magie ! hurla Georges, pris d'une soudaine excitation. Vous êtes magicien ?

— Pas le moins du monde !

Éric rangea la règle dans sa poche, ferma le robinet et éteignit la radio. Ils n'entendaient plus la voix d'Annie.

— On appelle cela de la science, Georges, expliqua Éric dont le visage rayonnait. De la science ! La règle vole les charges électriques de tes cheveux pendant le frottement. Nous ne les voyons pas, mais le filet d'eau, lui, les ressent.

— C'est dingue…

— Eh oui ! La science est un sujet extraordinaire et fascinant, qui nous aide à comprendre le monde autour de nous et toutes ses merveilles.

— Vous êtes un scientifique ? demanda Georges, soudain perplexe.

— Oui, Georges.

— Ce n'était pas de la science… rétorqua le garçon, en montrant le robinet. La science tue la planète et ses habitants. Je ne comprends pas.

— Bravo ! s'enhardit Éric. Tu vas droit au but, toi ! Je répondrai à ta remarque, mais avant, je dois t'expliquer ce qu'est la science avec un grand « S ». Elle permet de comprendre le monde qui nous entoure, grâce à nos sens, à notre intelligence et à nos capacités d'observation.

— C'est vrai ? fit Georges, dubitatif.

— Absolument. Il existe différents types de sciences naturelles avec des applications variées. Celle que je pratique parle du Comment et du Pourquoi. Comment tout a commencé – l'Univers, le Système solaire, notre planète, la vie sur Terre. Qu'y avait-il avant le commencement ? D'où tout cela vient-il ? Comment cela fonctionne-t-il ? Et pourquoi ? C'est la physique, Georges ! Une discipline passionnante et incroyable !

— Ça a l'air super ! s'exclama Georges.

Il faut dire qu'il harcelait précisément ses parents avec ce genre de questions, et il n'obtenait jamais de réponses ! Ses professeurs, eux, lui répétaient chaque fois qu'il découvrirait cela en classe, l'année suivante.

— Je continue ? s'enquit Éric, les sourcils levés.

« Oh oui ! S'il vous plaît ! » s'apprêtait à répondre Georges, quand Fred, qui s'était tenu tranquille jusque-là, sembla percevoir son excitation. Il se redressa sur ses pattes et, à une vitesse inconcevable pour un animal de sa taille, se précipita, oreilles baissées, vers la porte du couloir avant de disparaître.

— Nooooooon ! cria Éric qui s'élança à sa suite.

— Stooooooop ! hurla Georges, qui leur courut après.

— *Grouik grouik grouik grouik grouik* ! grogna Fred, décidé à profiter au maximum de son escapade.

Chapitre 3

Si Georges avait trouvé la cuisine en désordre, la pagaille qui régnait au salon dépassait l'entendement. Des dizaines et des dizaines d'ouvrages s'y entassaient ; des piles chancelantes atteignaient le plafond. Quand Fred traversa la pièce, pages, carnets, livres, volumes reliés de cuir et feuilles de classeur volèrent dans toutes les directions.

— Attrape-le ! hurla Éric tout en s'efforçant de rabattre le cochon vers la cuisine.

— J'essaie, répondit Georges avant de recevoir un livre en pleine figure.

— Vite ! Il faut le faire sortir.

À cet instant, le père d'Annie bondit, atterrit à califourchon sur le dos de Fred et l'attrapa par les oreilles. S'en servant comme d'un volant, il fit virer le cochon de bord et le guida vers la cuisine.

Resté seul au salon, Georges ne savait plus où donner de la tête. Il n'était jamais entré dans un tel endroit auparavant. Les livres qui se refermaient avec douceur, les feuilles qui retombaient sur le sol donnaient curieuse-ment à la pièce une allure majestueuse.

Accroché au mur, un immense tableau noir couvert de symboles et de gribouillis multicolores attira son atten-tion. On aurait dit un long poème. Georges ne prit pas le temps de le lire : il y avait trop de choses à voir. Dans un coin, une vieille horloge faisait entendre son tic-tac, son balancier oscillait au même rythme qu'une rangée de boules argentées suspendues à un fil. Elles semblaient en mouvement perpétuel. Sur un trépied en bois, un gros tube de laiton était pointé vers la fenêtre. Georges ne put résister à la tentation de toucher cette magnifique anti-quité, douce et froide sous ses doigts.

Quand Éric revint au salon, sa chemise sortait de son pantalon, il avait les cheveux dressés sur la tête, les lunettes de travers et un large sourire aux lèvres. Il bran-dissait un livre qu'il avait rattrapé au vol alors qu'il conduisait Fred hors de la pièce.

— Georges ! Quel bonheur ! s'exclama Éric. Je croyais avoir perdu ce livre pendant le déménagement. J'avais vidé tous mes cartons sans pouvoir mettre la main dessus et voilà que ton cochon me l'a retrouvé ! Beau résultat !

Les yeux écarquillés, Georges resta bouche bée. Il s'attendait tellement à recevoir le sermon de sa vie pour avoir laissé Fred saccager le salon. Éric ne paraissait même pas en colère. Décidément, il ne ressemblait à per-sonne de son entourage : peu importait ce qui arrivait chez lui, cet homme-là ne se fâchait jamais. Voilà qui était pour le moins déconcertant.

LA LUNE

- Une lune est un satellite naturel d'une planète.

- Un «satellite» est un objet en orbite autour d'une planète, comme la Terre tourne autour du Soleil, et «naturel» signifie que l'homme n'est pas intervenu dans sa création.

Distance moyenne à la Terre : 384 399 kilomètres.

Diamètre : 3 476 kilomètres, soit 27,3 % du diamètre de la Terre **Surface :** 0,074 fois celle de la Terre. **Volume :** 0,020 fois celui de la Terre **Masse :** 0,0123 fois celle de la Terre **Gravité à l'équateur :** 16,54 % de la gravité de la Terre à son propre équateur.

L'effet le plus flagrant de la gravité de la Lune sur la Terre se manifeste par les marées. Les mers de notre planète situées face à la Lune sont plus fortement attirées par cette dernière en raison de sa proximité, ce qui provoque un renflement des mers de ce côté. De même, les mers du côté opposé à la Lune sont moins attirées que la Terre vu qu'elles sont plus éloignées. Ce qui crée un autre renflement de ce côté de la Terre.

Bien que l'attraction gravitationnelle du Soleil soit plus forte que celle de la Lune, son effet sur les marées est environ deux fois moindre que celui de la Lune, en raison de l'extrême éloignement du Soleil. Quand la Lune est à peu près alignée avec la Terre et le Soleil, les marées provoquées par la Lune et le Soleil s'ajoutent, ce qui produit des marées plus importantes (appelées «marées de vive-eau») deux fois par mois.

> La Lune tourne autour de la Terre en 27,3 jours. La Lune se retrouve à la même position dans le ciel tous les 29,5 jours.

Il n'y a aucune atmosphère sur la Lune, donc le ciel reste noir, même pendant le jour. Aucun tremblement de terre ou éruption volcanique ne s'est produit sur la Lune depuis que la vie est apparue sur Terre. Ainsi, vue de la Terre, la Lune, avec ses taches, montagnes et cratères, est restée exactement la même depuis l'apparition des premiers organismes vivants.

Depuis la Terre, nous observons toujours la même face de la Lune. Les premières photos de la face cachée de la Lune ont été prises par une sonde en 1959.

— Je dois te remercier pour l'aide que tu m'as apportée aujourd'hui, continua le surprenant voisin en déposant le livre sur un carton.

LUMIÈRE ET ÉTOILES ✦

☆ Tout ce qui circule dans notre Univers met du temps à voyager, même la lumière.

☆ Dans l'espace, la lumière circule toujours à la plus grande vitesse qui soit : 299 792,458 kilomètres par seconde – il s'agit de «la vitesse de la lumière».

☆ Il ne faut environ que 1,3 seconde à la lumière pour aller de la Terre à la Lune.

☆ Comme le Soleil se trouve plus loin de la Terre que la Lune, il faut environ 8 minutes et 30 secondes à sa lumière pour nous atteindre.

✱ Toutes les autres étoiles dans le ciel sont beaucoup plus éloignées de la Terre que du Soleil. La plus proche du Soleil se nomme Proxima Centauri et sa lumière met 4,22 ans pour rejoindre la Terre.

✱ La lumière de la plupart des étoiles que nous admirons la nuit a voyagé des centaines, des milliers, voire des dizaines de milliers d'années avant de nous parvenir. Alors que nous pouvons les observer, il est possible que certaines d'entre elles n'existent plus, parce que la lumière de leur explosion lorsqu'elles meurent ne nous est pas encore parvenue.

✱ Les distances dans l'espace se mesurent en années-lumière – soit la distance parcourue en une année par la lumière. Elle vaut environ 9 500 milliards de kilomètres.

Proxima Centauri, l'étoile la plus proche de la Terre après le Soleil.

— Mon aide ? marmonna Georges qui n'en croyait pas ses oreilles.

— Oui, ton aide ! Et comme tu sembles intéressé par la science, peut-être pourrais-je t'en apprendre davantage, histoire de te remercier ? Qu'aimerais-tu savoir ?

Le cerveau de Georges fourmillait tellement de questions qu'il avait du mal à se décider.

Il désigna le tube métallique.

— Qu'est-ce que c'est ? demanda-t-il.

— Très bonne question, Georges ! s'emballa Éric. Il s'agit de mon télescope. Il est très vieux. Vois-tu, il y a quatre cents ans, il appartenait à un homme nommé Galilée. Ce savant vivait en Italie et aimait beaucoup observer le ciel la nuit. À son époque, les gens croyaient que toutes les planètes du Système solaire tournaient autour de la Terre – selon eux, même le Soleil effectuait une rotation autour d'elle.

— Je sais que c'est faux, intervint Georges qui colla son œil à la lunette. La Terre tourne autour du Soleil.

— Exactement ! La science consiste aussi à acquérir des connaissances grâce à l'expérience. Tu sais que la Terre et les autres planètes du Système solaire tournent autour du Soleil grâce à Galilée qui l'a découvert, voilà plusieurs siècles. Il l'a compris en regardant par ce télescope. Tu vois quelque chose ?

— La Lune, répondit Georges, les yeux plissés. On dirait qu'elle sourit.

— Ce sont les cicatrices d'un passé mouvementé et violent : l'impact des météorites qui se sont écrasées à sa surface, expliqua Éric. Tu ne verras pas grand-chose avec le télescope de Galilée. Si tu te rendais dans un observatoire et t'installais devant un gros télescope, tu aperce-vrais des étoiles situées à des milliards de kilomètres de nous. Tu sais quoi ? Le temps que leur lumière atteigne notre planète, elles sont peut-être déjà mortes.

— Une étoile peut mourir ? Vous êtes sûr ?

— La fin des choses semble beaucoup t'intéresser, remarqua Éric. J'aimerais te montrer la naissance d'une étoile avant que nous observions comment elle meurt. Je crois que ça va te plaire…

Chapitre 4

— Annie ! cria Éric par la porte du salon en direction de l'escalier.

— Ouiiiiii ? retentit une petite voix au loin.

— Tu viens voir *Naissance et mort d'une étoile* avec nous ?

— Je l'ai déjà vu plein de fois, répliqua-t-elle.

Ils entendirent des pas pressés descendre les marches et une seconde plus tard, Annie passa la tête par la porte.

— Je peux avoir des chips ?

— S'il y en a, rétorqua Éric. Et dans ce cas, tu les apportes ici et tu les partages avec Georges, d'accord ?

Un léger sourire aux lèvres, Annie disparut vers la cuisine. Peu après, les portes des placards claquaient à tout-va.

— Ne fais pas attention à elle, déclara gentiment Éric sans regarder Georges. Elle n'est pas méchante. Elle est juste…

Il s'interrompit et se dirigea vers l'autre bout de la

pièce où il alluma un ordinateur que Georges n'avait pas remarqué. Tellement fasciné par les autres objets du salon, il n'avait pas vu l'écran plat argenté et son clavier. Ça ne lui ressemblait pourtant pas, lui qui adorait les ordinateurs et mourait d'envie d'en posséder un ! Malheureusement, ils étaient numéro un sur la liste noire de ses parents. Sans espoir. S'il économisait sur son argent de poche pour s'en acheter un, à raison de un euro par semaine, Georges avait calculé qu'il lui faudrait environ huit ans pour s'offrir un PC d'occasion pourri. En attendant, il devait se contenter des vieilles bécanes bruyantes du collège, aux écrans couverts d'empreintes de doigts graisseux, et qui plantaient toutes les cinq minutes.

Brillant et compact, le portable d'Éric semblait assez puissant pour équiper un vaisseau spatial. Il tapa deux fois sur le clavier, l'ordinateur émit un très léger ronronnement tandis que des éclairs colorés zébraient l'écran. Éric appuya sur les touches d'un air satisfait.

— Tu as oublié quelque chose, déclara une voix mécanique.

Georges eut la peur de sa vie.

— Vraiment ? lança Éric, perplexe.

— Oui, continua la voix. Tu ne m'as pas présenté.

— Oh ! Excuse-moi ! Georges, je te présente Cosmos, mon ordinateur.

Georges déglutit. Qu'était-il censé répondre ?

— Tu dois dire bonjour à Cosmos, lui chuchota Éric à l'oreille. Sinon, il va se vexer.

— Bonjour, Cosmos, bredouilla Georges, un peu nerveux.

Il n'avait jamais parlé à un ordinateur et ne savait comment le regarder.

— Bonjour, Georges, répliqua Cosmos. Éric, tu as oublié autre chose.

— Quoi, encore ?

— Tu n'as pas dit à Georges que j'étais l'ordinateur le plus puissant du monde.

Éric leva les yeux au ciel.

— Georges, continua-t-il patiemment, Cosmos est l'ordinateur le plus puissant du monde.

— Exact, renchérit Cosmos. Dans l'avenir, des ordinateurs me surpasseront. Mais à ce jour, je demeure inégalé.

— Je suis désolé, murmura Éric. Ces machines sont un peu susceptibles parfois.

— Je suis plus intelligent qu'Éric, se vanta Cosmos.

— Selon qui ? s'enquit Éric qui foudroya l'écran du regard.

— Selon moi. Je suis capable d'additionner des milliards de nombres en une nanoseconde. En moins de temps qu'il ne te faut pour dire : « Cosmos est génial », je peux calculer la durée de vie des planètes, des comètes, des étoiles, des galaxies. Avant que tu n'aies fini de prononcer : « Cosmos est l'ordinateur le plus impressionnant que j'aie jamais vu, il est vraiment incroyable », j'aurai…

— Très bien, merci ! l'interrompit Éric. Cosmos, tu es l'ordinateur le plus impressionnant que nous ayons jamais vu. On peut changer de sujet ? Je voudrais montrer à Georges comment naît une étoile.

— Non, trancha Cosmos.

— Non ? Qu'entends-tu par « non », espèce de machine ridicule ?

— Je m'y refuse, décréta Cosmos. Et je ne suis pas ridicule. Je suis l'ordinateur le plus puissant qui…

— Oooohh ! S'il te plaît, le supplia soudain Georges. S'il te plaît, Cosmos ! J'aimerais beaucoup assister à la naissance d'une étoile, s'il te plaît, peux-tu me montrer ?

Cosmos resta silencieux.

— Allez, Cosmos, supplia Éric. Montre à Georges quelques merveilles de l'Univers.

— Peut-être, rétorqua Cosmos sur un ton boudeur.

— Georges n'a pas une très haute opinion de la science. C'est notre unique chance de lui présenter notre vision des choses.

— Il doit prêter serment.

— Un bon point pour toi, mon brave Cosmos, s'écria Éric qui bondit vers le tableau noir. Georges ? Aimerais-tu percer les secrets de l'Univers ?

— Oh oui !

— Es-tu prêt à prononcer un serment ? À promettre que tu utiliseras tes connaissances pour faire le bien et non le mal ?

Éric fixait Georges, derrière ses épaisses lunettes. Sa voix avait changé, il semblait extrêmement sérieux.

— C'est très important, Georges. La science peut être une force bénéfique, mais comme tu me l'as signalé tout à l'heure, elle peut aussi causer des dégâts effroyables.

Georges se redressa et regarda Éric droit dans les yeux.

— Je suis prêt.

— Bien. Lis en silence ce qui est écrit au tableau. Il

s'agit du Serment du Scientifique. Si tu es d'accord avec ces lignes, alors lis-les à voix haute.

Georges réfléchit un instant. Ce serment ne l'effrayait pas le moins du monde. Au contraire, il lui donnait des frissons d'enthousiasme jusque dans les orteils. Il lut le serment à voix haute, comme Éric le lui avait demandé.

— *Je jure d'utiliser mes connaissances scientifiques pour le bien de l'humanité. Je promets de ne jamais faire de mal à un être humain ou à un animal dans ma quête de savoir.*

La porte du salon s'entrouvrit. Annie entra, un énorme sac rempli de minipaquets de chips dans les bras.

— Continue, l'encouragea Éric. Tu te débrouilles très bien.

Georges lut la suite.

— *Je devrai me montrer courageux et prudent dans mes recherches sur les mystères qui nous entourent. Je ne devrai pas utiliser mes connaissances scientifiques pour mon profit personnel ni les transmettre à ceux qui cherchent à détruire la merveilleuse planète sur laquelle nous vivons. Si je trahis ce Serment, que la beauté et les prodiges de l'Univers me soient à jamais cachés.*

Éric applaudit. Annie éclata un paquet de chips vide. Cosmos fit apparaître un arc-en-ciel étincelant sur son écran.

— Parfait, Georges ! le félicita Éric. Tu es désormais le deuxième benjamin de l'ordre de la Quête scientifique pour le bien de l'humanité.

— Je te salue ! déclara Cosmos. À partir d'aujourd'hui, je reconnaîtrai ta voix.

— Et je te laisserai des chips ! compléta Annie.

— Annie, tais-toi ! intervint Éric. Nous arrivons à l'instant le plus intéressant. Georges, tu peux à présent avoir accès à la touche secrète qui t'ouvrira les portes de l'Univers.

— Je peux ? l'interrogea Georges. Où se trouve-t-elle ?

— Approche-toi de Cosmos et examine son clavier. Devines-tu sur quelle touche tu dois appuyer ? Laquelle te donnera accès aux portes de l'Univers ? Annie, ne dis rien !

Georges obéit. Cosmos était peut-être l'ordinateur le plus puissant du monde… Son clavier semblait des plus courants ; les lettres et les symboles étaient rangés dans le même ordre que sur les claviers déglingués du collège. Georges se creusa les méninges. Quelle touche lui ouvrirait les portes de l'Univers ?… Et soudain, il sut.

— C'est celle-ci, pas vrai ? demanda-t-il à Éric, l'index tremblant.

Éric hocha la tête.

— Oui. Pour commencer.

Georges appuya sur la touche ENTRÉE.

Les lumières de la pièce baissèrent.

Cosmos joua alors une petite fanfare électronique.

— Bienvenue… dans l'Univers !

Chapitre 5

Le salon fut soudain plongé dans l'obscurité.

— Viens t'asseoir, Georges, lança Annie, confortablement installée dans l'immense canapé.

Georges la rejoignit. Au bout de quelques secondes un rai de lumière blanche très lumineux jaillit au milieu de la pièce. Il provenait de l'écran de Cosmos. Le rai de lumière se déplaça de gauche à droite, de façon rectiligne, avant de redescendre vers le sol. Tout en laissant un sillon brillant derrière lui, il traça une perpendiculaire pour achever les trois côtés d'un rectangle. Enfin, après un angle droit, le rayon revint à son point de départ. Georges crut voir alors une forme plane flotter dans le vide quand soudain, elle passa du virtuel à une réalité drôlement familière.

— On dirait…, murmura-t-il.

— Une fenêtre, déclara Éric fièrement. Cosmos a créé une fenêtre qui ouvre sur l'Univers. Regarde bien…

Le rayon lumineux disparut, laissant suspendue dans

le vide la fenêtre qu'il avait dessinée. Même si ses contours étincelaient encore, elle ressemblait à une vraie fenêtre, avec une grande vitre et un encadrement de métal. Cependant, elle ne donnait ni sur le jardin et la maison de Georges, ni sur la rue, mais sur un endroit qu'il n'avait jamais vu.

Par la fenêtre, Georges découvrit un espace infini, plongé dans la pénombre et parsemé de minuscules étoiles scintillantes. Il se mit à les compter.

— Georges, intervint la voix mécanique de Cosmos, l'Univers contient des milliards et des milliards d'étoiles. À moins que tu ne sois aussi intelligent que moi, tu ne seras pas capable de les compter toutes.

— Cosmos, pourquoi y en a-t-il autant ? demanda Georges, émerveillé.

— Parce qu'il en naît sans cesse de nouvelles dans d'immenses nuages de gaz et de poussière. Laisse-moi te montrer comment cela se passe.

— Combien de temps faut-il à une étoile pour naître ?

— Des dizaines de millions d'années, répondit Cosmos. J'espère que tu n'es pas pressé !

— Cosmos ! le gronda Éric, assis par terre en tailleur.

Repliées ainsi, ses grandes jambes minces lui donnaient l'allure d'une araignée géante mais amicale, qui se serait posée près des enfants.

— Ne t'inquiète pas, Georges. J'ai un peu accéléré le processus. Tu seras à l'heure pour le dîner. Annie, tu nous donnes des chips ? Je ne sais pas, pour toi, Georges, mais l'Univers m'a toujours ouvert l'appétit.

Ils entendirent un bruit de papier froissé quand Annie plongea la main dans le grand sac vide.

— Oh oh !… s'exclama-t-elle sur un ton embarrassé, je vais en chercher d'autres…

Elle bondit du canapé et courut à la cuisine.

En son absence, Georges remarqua quelque chose par la fenêtre ouverte sur l'espace : il n'y avait pas que des étoiles. Dans un coin, il aperçut une zone complètement noire, où pas un astre ne brillait.

— Que se passe-t-il ici ? s'enquit-il.

— Et si on jetait un coup d'œil ? proposa Éric.

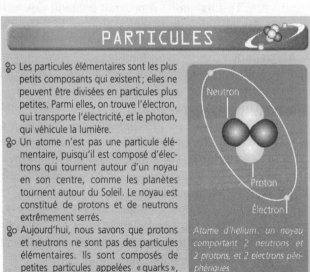

PARTICULES

- Les particules élémentaires sont les plus petits composants qui existent ; elles ne peuvent être divisées en particules plus petites. Parmi elles, on trouve l'électron, qui transporte l'électricité, et le photon, qui véhicule la lumière.
- Un atome n'est pas une particule élémentaire, puisqu'il est composé d'électrons qui tournent autour d'un noyau en son centre, comme les planètes tournent autour du Soleil. Le noyau est constitué de protons et de neutrons extrêmement serrés.
- Aujourd'hui, nous savons que protons et neutrons ne sont pas des particules élémentaires. Ils sont composés de petites particules appelées « quarks », maintenues ensemble par les « gluons », qui sont eux-mêmes les particules d'une « force forte » agissant sur les quarks, mais pas sur les électrons ou les photons.

Atome d'hélium, un noyau comportant 2 neutrons et 2 protons, et 2 électrons périphériques.

Il prit la télécommande de Cosmos et zooma. De plus près, Georges se rendit compte qu'un nuage planait à cet endroit. La fenêtre poursuivit son approche et, une fois à l'intérieur du nuage, Georges constata qu'il était bien fait de gaz et de poussière, comme l'avait dit Cosmos.

— Qu'est-ce que c'est ? demanda-t-il. Et où est-ce ?

— Il s'agit d'un immense nuage situé dans l'espace extra-atmosphérique, bien plus gros que ceux qui gravitent dans le ciel, lui expliqua Éric. Il est composé de particules microscopiques qui flottent. Ces particules sont tellement nombreuses que le nuage atteint une taille incroyable. Tu sais quoi ? il pourrait contenir des millions et des millions de planètes comme la nôtre ; il donne naissance à beaucoup d'étoiles.

Au cœur du nuage, Georges observa les particules en mouvement : certaines s'aggloméraient pour former des morceaux de matière, qui tournoyaient et accrochaient d'autres particules au passage. À sa grande surprise, les morceaux virevoltant ne grossissaient pas au fur et à mesure. Au contraire, ils rapetissaient, comme si quelque chose les comprimait. On aurait dit qu'une main invisible pétrissait d'énormes boules de pâte à pain. L'une d'elles était si proche que Georges la vit tourbillonner et rétrécir en même temps. Quelques secondes après, la température s'éleva, au point que Georges pouvait sentir cette chaleur torride depuis le canapé. Soudain, la boule émit une lumière faible mais inquiétante.

— Pourquoi brille-t-elle ? demanda-t-il.

— Plus elle se contracte, plus elle se réchauffe, commenta Éric. Plus elle se réchauffe, plus elle brille. Bientôt, elle deviendra trop chaude.

Éric s'empara de deux paires de lunettes bizarres, posées par terre, au milieu d'objets hétéroclites.

— Mets-les, ordonna-t-il à Georges, tout en faisant de même. Sous peu, la lumière sera trop étincelante et dangereuse pour que tu la regardes à l'œil nu.

Au moment où Georges mettait les lunettes noires, la boule implosa et ses couches externes de gaz incandescent furent projetées dans toutes les directions. Après l'explosion, elle brillait autant que le Soleil.

— Waouh ! s'écria Georges. C'est le Soleil ?

— Cela se pourrait, répliqua Éric. Tu as assisté à la naissance d'une étoile, et le Soleil en est une. Quand, dans l'espace, une grande masse de gaz et de poussière se contracte au point de devenir dense et ardente, comme tu viens de l'observer, les particules au centre de la boule fusionnent et dégagent une quantité impressionnante d'énergie. Cela s'appelle une « réaction de fusion nucléaire ». Elle est tellement puissante que les couches externes de la boule éclatent et ce qui reste se transforme en étoile.

À présent, l'étoile brillait tranquillement au loin.

— Quel spectacle magnifique ! murmura Georges.

Sans leurs lunettes spéciales, ils n'auraient pas vu grand-chose tellement elle étincelait.

Hypnotisé par son éclat, Georges fixait l'étoile. De temps à autre, de grands jets de gaz éblouissants s'élançaient à des centaines de milliers de kilomètres de sa surface, à une vitesse extraordinaire.

— L'étoile continuera à briller jusqu'à la fin des temps ? demanda-t-il.

— Rien n'est éternel, Georges, répliqua Éric. Si les étoiles brillaient à jamais, nous ne serions pas là. Dans leur ventre, elles transforment de petites particules en particules plus grandes, et c'est cette énergie dégagée par cette réaction de fusion nucléaire qui rend l'étoile lumineuse. La plupart des éléments qui nous composent, toi et moi, ont été façonnés à l'intérieur d'étoiles qui ont existé il y a bien longtemps, avant la création de la Terre. Nous pourrions même dire que nous sommes tous les enfants des étoiles ! Lorsqu'elles ont explosé il y a des milliards de siècles, elles ont envoyé dans l'espace une multitude d'éléments. Celle que tu vois par la fenêtre subira le même sort. À la fin de sa vie, quand il n'y aura plus de petites particules à transformer en grosses, elle éclatera et expédiera dans l'espace les gros morceaux fabriqués dans son ventre.

De l'autre côté de la fenêtre, l'étoile semblait en colère. D'un jaune flamboyant, elle devenait rougeâtre

MATIÈRE

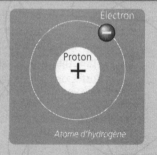

- La matière est composée de divers atomes. Ce qui caractérise un atome (ou élément) est le nombre de protons dans son noyau. Il peut y en avoir jusqu'à 118, plus un nombre de neutrons supérieur ou égal.
- L'atome le plus simple est l'hydrogène, dont le noyau ne contient qu'un seul proton et zéro neutron.
- À l'opposé, le noyau de l'uranium contient 92 protons et 146 neutrons.
- Les scientifiques estiment que 90 % des atomes de l'Univers sont des atomes d'hydrogène.

à mesure qu'elle grossissait. Pour finir, sa taille énorme leur boucha la vue. Georges eut l'impression qu'elle allait exploser d'un instant à l'autre. Éric appuya sur la télécommande et aussitôt, la fenêtre s'éloigna de l'étoile, qui rougissait et se développait encore.

— N'est-ce pas stupéfiant ? s'exclama Éric. Au début, la boule se contracte et donne naissance à une étoile, et maintenant, l'étoile grossit jusqu'à éclater complètement. Quoi qu'il se passe, Georges, n'enlève pas tes lunettes.

Fasciné, Georges observait toujours l'étoile. Après qu'elle eut atteint une taille inimaginable, une explosion plus spectaculaire encore se produisit sous ses yeux. L'étoile expédia dans l'espace une quantité incroyable de lumière et de gaz incandescents. Les nouveaux

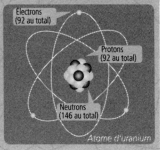

- Les 10 % restant représentent les 117 autres atomes dans des proportions variables. Certains sont extrêmement rares.
- Quand les atomes s'assemblent en chaînes, l'édifice résultant est appelé « molécule ». Ces dernières sont innombrables et de tailles différentes ; de nouvelles sont créées tous les jours dans les laboratoires.
- Avant la naissance des étoiles, seuls les atomes et les molécules les plus simples existaient dans l'espace. La molécule la plus fréquente à l'intérieur des immenses nuages de gaz où naissent les étoiles est la plus simple qui soit : la molécule d'hydrogène, faite de 2 atomes d'hydrogène combinés.

Électrons (92 au total)

Protons (92 au total)

Neutrons (146 au total)

Atome d'uranium

atomes créés furent eux aussi éparpillés, si bien qu'il ne resta plus qu'un magnifique nuage, rempli de couleurs extraordinaires et de nouvelles matières.

— Ooooh ! Aaaah ! s'écriait Georges, comme s'il admirait le plus impressionnant des feux d'artifice.

— Tu vois, enchaîna Éric, avec le temps, ce nuage coloré se mêlera à d'autres nuages provenant d'étoiles lointaines ayant elles aussi explosé. Pendant qu'elles refroidiront, les gaz se mélangeront pour former une sorte de brume, où naîtront d'autres étoiles. À l'extérieur, tous les éléments se rassembleront en boules trop petites pour devenir des étoiles. Peu à peu, ces boules deviendront des planètes. Dans la vraie vie, il faut très longtemps pour que ce phénomène se produise, des dizaines de millions d'années !

— C'est dingue ! s'exclama Georges.

— Mais nous n'avons pas tout ce temps devant nous, il faut que tu rentres dîner, poursuivit Éric, qui s'approcha de Cosmos pour l'activer. Laisse-moi accélérer les choses… Nous y voilà !

En un clin d'œil, les milliards d'années dont parlait Éric s'écoulèrent. Le gaz produit par l'explosion de dizaines d'étoiles s'accumula. À l'intérieur, de nouvelles étoiles surgissaient de toutes parts, jusqu'à ce que l'une d'entre elles se forme pile dans l'axe de la fenêtre. Son éclat était aveuglant. À quelque distance de cette nouvelle étoile, le gaz refroidissait et se métamorphosait en minuscules glaçons. Georges en vit un se diriger droit vers eux. Il ouvrit la bouche pour prévenir Éric, mais le glaçon voyageait trop vite. Avant que Georges ne puisse intervenir, le rocher glacé s'écrasa contre la fenêtre dans un fracas effroyable. Georges eut l'impression que le choc ébranlait la maison.

Dans un sursaut de peur, il tomba du canapé.

— C'était quoi ? hurla-t-il.

— Oups ! lâcha Éric. Désolé, je ne m'attendais pas à ce qu'elle nous heurte de plein fouet.

— Tu devrais te montrer plus prudent, le réprimanda Cosmos. Ce n'est pas la première fois que nous avons un accident.

— C'était quoi ? répéta Georges, agrippé à un ours en peluche qu'Annie avait dû oublier sur le canapé.

La tête lui tournait.

— Nous avons été heurtés par une petite comète, avoua Éric, penaud. Désolé, tout le monde. Je ne l'ai pas fait exprès.

— Une petite quoi ? bredouilla Georges, persuadé que le salon bougeait autour de lui.

Éric pianota sur le clavier de Cosmos.

— Je pense que cela suffit pour aujourd'hui. Ça va, Georges ?

Le scientifique ôta ses lunettes afin de mieux examiner son jeune invité.

— Tu as le teint légèrement vert, s'inquiéta-t-il. Oh, oh ! Moi qui pensais que l'on s'amuserait… Annie ! Tu es dans la cuisine ? Tu peux apporter un verre d'eau à Georges, s'il te plaît ? Hé ! Oh !…

Marchant sur la pointe des pieds, la fillette entra dans le salon. Dans ses petites mains délicates, elle tenait un verre rempli à ras bord. Scotchée à elle, Fred le cochon lui lançait des regards pleins d'adoration. Elle tendit le verre à Georges.

— Ne t'inquiète pas, murmura-t-elle. Moi aussi, j'ai été malade la première fois. Papa !

Son cri ressemblait étrangement à un ordre.

— Il est temps que Georges rentre chez lui. Il en a assez vu pour aujourd'hui.

— Oui, oui. Je pense que tu as raison, répondit Éric, encore inquiet.

— Mais c'est tellement intéressant, protesta Georges. Je ne peux pas rester encore un peu ?

— Non, Georges. Cela suffit pour aujourd'hui, s'empressa d'ajouter Éric en enfilant un manteau. Je te raccompagne chez toi. Cosmos, tu surveilles Annie cinq minutes. Viens, Georges ! Et emmène ton cochon.

— Je pourrai revenir ? lança Georges timidement.

Éric cessa de se battre avec son manteau, ses clefs et ses chaussures, et sourit.

— Bien entendu !

— Mais tu dois promettre de ne parler à personne de Cosmos, insista Annie.

— C'est un secret ? demanda Georges, tout excité.

— Oui, affirma Annie. Un secret énorme, gigantesque, colossal, un trillion de gazillions de fois plus gros que tous les secrets du monde.

— Annie, grommela Éric, je t'ai déjà dit que « gazillion » n'était pas un nombre. Dis au revoir à Georges et à son cochon.

Un petit sourire aux lèvres, Annie lui fit signe de la main.

— Au revoir, Georges, retentit la voix de Cosmos. Merci d'avoir utilisé mes capacités ultrapuissantes.

— Merci Cosmos, répondit poliment Georges.

Sur ce, Éric les poussa, Fred et lui, dans le couloir, puis sur le perron. Destination : la vraie vie sur la planète Terre.

Chapitre 6

Le lendemain, au collège, Georges ne pouvait s'empêcher de penser aux merveilles qu'il avait vues chez Éric. Les explosions d'étoiles, l'espace, la comète ! Et Cosmos, l'ordinateur le plus puissant du monde ! Dire que ses nouveaux amis vivaient juste à côté de chez lui et que ses parents refusaient d'acheter un ordinateur tout simple… Georges était si excité qu'il ne pouvait se contrôler, surtout en cette heure de cours particulièrement ennuyeuse. Armé de crayons de couleur, il tâchait de dessiner Cosmos et l'étonnant spectacle auquel il avait assisté. Et alors qu'il se le représentait parfaitement dans son esprit, il ne cessait de raturer sa page et de crayonner par-dessus, si bien qu'à la fin la fenêtre créée par l'ordinateur ressemblait plus à un gribouillis géant qu'à autre chose.

— Eh ! s'écria-t-il, quand un missile – une boule de papier froissé – le frappa à la nuque.

— Ah ! Georges ! s'exclama le professeur Rex qui

leur enseignait les mathématiques. Te voilà de retour parmi nous ! Comme c'est gentil de ta part !

Surpris, Georges leva les yeux. Rex se tenait juste devant lui et le toisait, derrière ses lunettes sales. La grosse tache d'encre bleue sur sa veste rappela à Georges l'explosion d'une étoile.

— As-tu quelque chose à dire à la classe ? demanda le professeur.

Il eut le temps de lorgner sur le cahier de Georges avant que celui-ci ne le dissimule.

— Autre chose que « Eh ! », le seul son qui soit sorti de ta bouche aujourd'hui.

— Euh, non… pas vraiment, bredouilla Georges.

— Tu pourrais me dire : « Cher professeur Rex, voici les devoirs sur lesquels j'ai planché tout le week-end. »

— Euh, eh bien… bafouilla Georges.

— Ou : « Professeur Rex, j'ai écouté avec attention chaque mot que vous avez prononcé en cours, j'ai noté chaque phrase, ajouté mes propres commentaires, et voici un résumé qui vous satisfera pleinement. »

— Mmm, marmonna Georges qui se demandait comment il s'en sortirait cette fois-ci.

— Mais je rêve ! soupira Rex. Après tout, je ne suis qu'un professeur, je passe mes journées dans cette salle à parler aux murs pour mon plaisir personnel, sans le moindre espoir que l'un de vous tire un bénéfice quelconque de mon existence ou de mes enseignements !

— J'écoutais ! protesta Georges qui commençait à se sentir coupable.

— La flatterie ne marche pas avec moi, jeune homme ! s'emporta Rex. Toi, là-bas, donne-moi ça !

Il traversa la salle telle une fusée et arracha son téléphone portable à un garçon assis au fond. Rex portait peut-être des costumes étriqués et s'exprimait comme au XIXᵉ siècle… N'empêche que tous les élèves le craignaient et n'osaient jamais le chahuter.

Rex n'enseignait pas dans ce collège depuis longtemps mais, contrairement aux professeurs assez stupides pour chercher à établir une complicité avec leurs élèves, dès le premier jour, et d'un seul regard, il avait réduit une salle entière au silence. Chez lui, l'absence de modernité, de susceptibilité et de toute forme de favoritisme avait pour conséquences des classes disciplinées, des devoirs rendus à l'heure et de vagues élèves rebelles, qui se redressaient sur leur siège et se taisaient quand il entrait dans la salle.

Tout le monde le surnommait T-Rex, à cause de la plaque sur la porte de son bureau qui disait : Professeur Tiburce Rex. Ou « T-Rex le prédateur », car il avait l'étrange habitude de surgir sans prévenir et d'attaquer là où on ne l'attendait pas. Un grincement léger de semelles sur le carrelage, une imperceptible odeur de tabac froid et… sans crier gare, T-Rex punissait la bêtise avant même qu'elle ne soit commise, et se frottait les mains avec un sourire narquois. Nul ne savait pourquoi il avait les mains couvertes d'horribles marques de brûlures. Et nul n'aurait osé le lui demander.

— Georges ? reprit T-Rex, alors qu'il fourrait dans sa poche le portable confisqué. Peut-être aimerais-tu expliquer à la classe ce que représente ce chef-d'œuvre qui retient toute ton attention ?

— Eh bien… c'est…, marmonna Georges dont les oreilles chauffaient et rougissaient.

— Allons, plus fort ! ordonna T-Rex. Nous mourons tous d'impatience de savoir ce que tu as dessiné ce matin, n'est-ce pas ?

Il brandit le portrait de Cosmos afin que tout le monde en profite.

Les élèves ricanèrent, trop contents que T-Rex s'acharne sur un autre qu'eux.

À cet instant, Georges détesta T-Rex de tout son cœur. Il le détesta au point d'oublier sa peur d'être humilié en public. Malheureusement, il oublia aussi sa promesse à Éric.

— Voilà ! Il s'agit d'un ordinateur très spécial, expliqua Georges d'une voix assez forte. Il est capable de vous montrer ce qui se passe dans l'Univers. Il appartient à mon ami Éric.

Georges fixait T-Rex de ses grands yeux bleus emplis de détermination sous sa frange irrégulière.

— Il flotte dans l'espace des choses étonnantes, comme des planètes, des étoiles, de l'or…

L'or était une invention de Georges – Éric n'avait jamais rien mentionné de tel.

Pour la première fois depuis que Georges assistait à ses cours, T-Rex restait sans voix. Il demeura immobile, le cahier de Georges entre les mains, la mâchoire entrouverte, tout en observant son élève avec un étonnement croissant.

— Il existe bel et bien, fit-il à Georges à voix basse. Et tu l'as vu. Stupéfiant !

Deux secondes après, comme s'il se réveillait d'un

rêve, T-Rex ferma le cahier de Georges, le lui rendit et regagna le tableau.

— Bien ! tonitrua-t-il. Étant donné votre comportement, je vous donne à tous cent lignes à copier ! Je veux que vous écriviez dans vos cahiers : « Je n'envoie pas de texto pendant les cours du professeur Rex parce que je suis trop occupé à écouter les choses passionnantes qu'il nous enseigne. » Cent fois, s'il vous plaît, et celui qui n'aura pas fini avant la sonnerie restera ici avec moi. Allez-y !

Des protestations s'élevèrent dans la salle. Tous avaient attendu avec impatience que Georges soit réduit en miettes par leur professeur. Au lieu de cela, ils avaient été punis pour une raison tout à fait différente, et Georges s'en tirait bien.

— C'est pas juste, marmonna un garçon au fond.

— La vie n'est pas juste, rétorqua T-Rex d'un ton enjoué. Comme il s'agit là d'une des leçons les plus utiles que je puisse vous enseigner, je suis fier que vous l'ayez déjà assimilée. Continuez d'écrire !

Sur ce, il s'assit à son bureau, sortit un livre bourré d'équations complexes et se mit à le feuilleter en hochant la tête, tel un grand savant.

Georges sentit une règle s'enfoncer dans son dos.

— Tout ça, c'est ta faute, siffla Ringo, le caïd de la classe qui était assis derrière lui.

— Silence ! gronda T-Rex sans lever les yeux de son livre. Le prochain qui parle récolte cent lignes supplémentaires !

D'une main appliquée, Georges finit sa punition au moment où la cloche sonnait. Avec soin, il déchira la page du cahier sur laquelle était dessiné Cosmos, la plia en quatre et la glissa dans la poche de sa veste, avant de déposer son cahier sur le bureau de T-Rex. Il n'avait pas fait deux pas dans le couloir que son professeur le rattrapait et lui barrait la route.

— Georges, l'interpella T-Rex. Cet ordinateur existe vraiment ? Tu l'as vu ?

Effrayé par son regard, Georges regretta amèrement d'avoir eu la langue si bien pendue.

— J'ai… euh… J'ai tout inventé, bafouilla-t-il, pressé d'en finir.

— Où se trouve-t-il, Georges ? demanda son professeur sur un ton mielleux. Il est très important que tu me dises où se trouve cet incroyable ordinateur.

— Il n'y a pas d'ordinateur, lâcha Georges qui parvint à se faufiler. Il n'existe pas, je l'ai inventé, c'est tout.

T-Rex recula et examina Georges d'un air pensif.

— Sois prudent, Georges, ajouta-t-il d'une voix d'un calme à glacer le sang. Sois très prudent…

Puis T-Rex s'éloigna à grands pas.

Chapitre 7

Son retour du collège fut long et éprouvant. La chaleur inattendue de ce début d'automne ramollissait l'asphalte qui collait sous ses semelles. Il traînait des pieds sur le trottoir tandis que de grosses voitures le dépassaient, laissant une fumée nauséabonde derrière elles. Sur la banquette arrière de ces monstres brillants, des élèves bienheureux regardaient des DVD, pendant que leurs parents les ramenaient chez eux. Certains faisaient des grimaces à Georges en passant, pour le narguer. D'autres le saluaient joyeusement, comme s'ils le croyaient content de les voir s'éloigner dans leurs énormes gouffres à gasoil. Aucun ne s'arrêtait jamais pour lui proposer de le déposer.

Aujourd'hui, Georges s'en moquait. Il avait tant à penser sur le chemin de la maison qu'il préférait être seul. Son esprit fourmillait de nuages spatiaux, de formidables explosions, de formation d'étoiles sur des millions et des millions d'années. Ces pensées le transportèrent loin de sa ville, de l'autre côté de l'Univers, si loin qu'il en oublia un fait marquant de sa vie sur Terre.

— Hé ! là-bas ! entendit-il derrière lui.

Ce cri le ramena brutalement à la réalité. Peut-être était-ce un enfant plus loin dans la rue, un bruit qui n'avait rien à voir avec lui. Il pressa le pas, son cartable serré contre sa poitrine.

— Hé ! là-bas ! entendit-il à nouveau, un peu plus près cette fois-ci.

Sans se retourner, il accéléra. Il se trouvait entre la route principale assez fréquentée, et le parc dont les arbres maigrelets n'offraient aucune cachette. Quant aux buissons, mieux valait ne pas y penser. Il ne tenait pas à ce que la bande qu'il redoutait tant le jette dans l'un d'entre eux. Il continua donc à marcher d'un pas de plus en plus rapide ; son cœur battait dans sa poitrine, tel un djembé.

— Georges !

Son sang se figea dans ses veines. Ses pires craintes se vérifiaient. D'habitude, quand la dernière sonnerie retentissait, il franchissait les portes du collège comme un lévrier et était quasiment chez lui, alors que les élèves plus gros et plus lents se battaient encore avec des élastiques dans les toilettes. Il avait entendu d'horribles histoires sur les supplices que Ringo et sa bande faisaient subir à ceux qu'ils croisaient dans la rue – ils leur rasaient les sourcils, les suspendaient la tête en bas, les couvraient de boue, les laissaient en slip au sommet d'un arbre, les badigeonnaient d'encre indélébile, les abandonnaient devant des vitres brisées pour qu'ils soient accusés… Les rumeurs allaient bon train sur le règne de terreur instauré par Ringo.

Mais en cet après-midi ensoleillé propice à la sieste, Georges avait commis une erreur fatale. Il rentrait chez lui trop lentement pile le jour où il avait donné à Ringo et sa bande une bonne raison de le poursuivre. Furieux d'avoir récolté du travail supplémentaire par sa faute pendant le cours de T-Rex, ils s'étaient lancés à ses trousses, assoiffés de vengeance.

Georges examina les alentours. Devant lui, des mamans avec des poussettes approchaient d'un croisement. Au milieu de la chaussée, une employée municipale arrêtait les véhicules pour faire passer les piétons. En quatrième vitesse, Georges rejoignit le groupe de femmes, réussit à s'insérer au milieu d'elles et se retrouva en sécurité entre les landaus. Tandis que l'agent brandissait son panneau jaune fluo et obligeait les voitures à piler de chaque côté, Georges prit un air détaché comme s'il appartenait à la petite troupe. Bien sûr, il savait qu'il ne trompait personne. Quand il passa devant la dame, elle lui fit un clin d'œil et chuchota :

— Ne t'inquiète pas, mon lapin, je les retiens. Dépêche-toi de rentrer chez toi ! Ne laisse pas ces sales morveux t'attraper.

Quand il atteignit le trottoir opposé, il fut surpris de la voir poser son panneau contre un arbre et foudroyer du regard Ringo et ses copains. Le rugissement des voitures reprit de plus belle. Tandis qu'il s'éloignait à toutes jambes, Georges entendit Ringo crier.

— Hé ! Nous aussi on traverse… lança le garçon. On doit rentrer… faire nos devoirs… Si vous ne nous laissez pas traverser, je le dis à ma mère et elle vous réglera votre compte... Elle vous... elle vous...

— Surveille ton langage, Richard Bright ! grommela l'agent qui s'avança lentement au milieu de la chaussée et brandit à nouveau son panneau rond.

Quand Georges quitta la rue principale, des bruits de pas lourds lui indiquèrent qu'il n'en avait pas terminé avec eux. Il descendit en vitesse une ruelle bordée d'arbres qui longeait l'arrière de belles villas. Manque de chance, il ne croisa aucun adulte qui aurait pu le sauver.

Il essaya d'ouvrir quelques portillons... tous verrouillés. Paniqué, il examinait les alentours quand il eut une idée lumineuse. Il empoigna la branche d'un pommier, mit les pieds sur la palissade et sauta dans un jardin. Il atterrit dans un gros buisson épineux qui l'égratigna et déchira son uniforme du collège. Tandis qu'il se plaignait à voix basse dans le massif, il entendit Ringo et ses copains passer dans la ruelle. Leurs commentaires sur le sort qu'ils lui réservaient s'ils lui mettaient la main dessus lui donnèrent froid dans le dos.

Georges demeura immobile, le temps qu'ils disparaissent. Il se contorsionna pour ôter son pull accroché au buisson épineux. Comme les poches de son pantalon s'étaient vidées de leur contenu, il tâtonna sur le sol et en ramassa le plus gros. Quand il émergea enfin de sous le massif et avança sur la pelouse, il surprit une dame allongée dans un transat. Elle souleva ses lunettes noires et le fixa.

— Ciao ! s'exclama-t-elle avec une jolie voix.

Elle lui indiqua la direction de la maison.

— Par ici ! Le portail n'est pas fermé ! continua-t-elle avec un fort accent italien.

— Oh ! *Grazie*, répondit Georges du tac au tac. Et, euh… désolé, ajouta-t-il avant de prendre la fuite.

Il contourna la maison, sortit par le portail et se rendit chez lui en boitant, car il s'était tordu la cheville gauche. Les rues endormies respiraient le calme. Ce silence ne dura pas longtemps.

— Le voilà ! Georges ! Ça va être ta fête !

Georges rassembla toutes ses forces et ordonna à ses jambes de courir plus vite, mais il avait l'impression de patauger dans des sables mouvants. Il apercevait le début de sa rue, Ringo et sa bande gagnaient du terrain…

Vaillamment, il accéléra le pas et atteignit le croisement. « Ne pas s'effondrer sur le trottoir. Ne pas s'effondrer sur le trottoir », se répétait-il.

— Tu es mort ! hurla Ringo dans son dos.

Épuisé, Georges tituba le long de la rue ; il ne savait plus comment l'on respirait. L'air entrait et sortait de ses poumons par grandes bouffées saccadées, les griffures, les bleus et les coups récoltés pendant sa fuite le ralentissaient, sa gorge le brûlait. Impossible qu'il aille plus loin. Par chance, il était arrivé. Il parvint à la porte d'entrée verte sans avoir été transformé en pâtée pour chien (ou pire) par Ringo et ses horribles amis. Sauvé ! Il n'avait plus qu'à glisser la main dans sa poche et trouver la clef…

Disparue.

Il retourna ses poches, inspecta tous ses trésors – un marron, une pièce étrangère, un bout de ficelle, des pastilles de Patafix, une voiture de sport rouge. Mais pas de clef. Elle avait dû tomber dans les buissons quand il avait escaladé la palissade. Il sonna dans le maigre espoir que sa mère soit rentrée plus tôt. Dring ! Dring ! Dring ! Deuxième essai. Pas de réponse.

Voyant son camarade planté sur le perron, Ringo comprit qu'il le tenait à sa merci. Un sourire hideux se plaqua sur son visage tandis qu'il se dirigeait d'un pas décidé vers Georges. Sur le trottoir, impatients d'en découdre, ses trois amis, regard sournois et poings fermés, jubilaient.

Georges ferma les yeux. Il était fait comme un rat. Le dos collé à la porte, l'estomac faisant des loopings, il se prépara à affronter son destin. Il avait beau chercher une menace qui les ferait déguerpir, rien d'intelligent ne venait. À quoi bon user sa salive à mettre Ringo en garde ? Ce dernier savait qu'il aurait des ennuis et cela ne l'avait jamais freiné auparavant. Soudain, les pas s'arrêtèrent. Georges risqua un œil... À mi-chemin dans la rue, Ringo et ses amis discutaient à propos du châtiment qu'ils lui réservaient.

— Non ! s'écria Ringo. Pas question. On l'écrase contre un mur jusqu'à ce qu'il nous supplie de le lâcher.

À cet instant, un événement se produisit. Si étrange que, par la suite, Ringo et ses amis se demandèrent s'ils n'avaient pas rêvé. La porte de la maison voisine s'ouvrit en grand et, d'un bond, un petit astronaute en sortit. Surpris, les quatre garçons reculèrent quand la silhouette blanche en costume spatial et casque intégral muni d'une antenne sauta au milieu de la route et, l'air menaçant, prit une pose de karaté.

— Du balai ! tonitrua une drôle de voix métallique.

Ou j'appelle sur vous la malédiction extraterrestre ! Vous deviendrez verts, votre cerveau bouillonnera au point de vous sortir par les oreilles et par le nez, vos os se transformeront en caoutchouc et votre corps se couvrira de pustules. Vous ne mangerez plus que des épinards et des brocolis, vos yeux tomberont dès que vous regarderez la télé ! Du balai !

L'astronaute effectua quelques mouvements de bras et de jambes qui parurent familiers à Georges.

Blêmes, la bouche béante, Ringo et ses amis terrifiés piétinaient sur place.

— Entre ! ordonna l'astronaute à Georges.

Celui-ci obéit, absolument pas effrayé par le petit être. En effet, il avait entraperçu une mèche blonde derrière la visière du casque. Annie, semblait-il, était venue à sa rescousse.

Chapitre 8

— Pffou !…

Le cosmonaute avait suivi Georges à l'intérieur et refermé la porte derrière lui, d'un coup de botte blanche.

— Qu'est-ce qu'il fait chaud, là-dedans ! ajouta-t-il en enlevant son casque.

Une longue queue-de-cheval blonde apparut. C'était bien Annie. Elle avait les joues un peu roses d'avoir bondi au milieu de la rue dans son scaphandre.

— Tu as vu ça ? Ils ont eu la peur de leur vie ! s'exclama-t-elle, rayonnante.

Elle s'essuya le front avec le revers de sa manche, puis s'engagea dans le couloir. Ses pas faisaient un bruit sourd quand elle marchait.

— Tu viens ?

— Heu… Oui. Merci, bredouilla Georges qui l'accompagna dans le salon où il avait regardé *Naissance et mort d'une étoile* avec Éric.

Il n'avait pas dormi de la nuit tellement il était excité

à l'idée de revenir dans cette maison, mais là, il se sentait minable. Il avait accidentellement parlé de Cosmos à l'horrible professeur Rex, alors qu'il avait promis à Éric de garder le secret. Il avait été harcelé sur le chemin du retour par des brutes épaisses et, pour couronner le tout, il avait été sauvé par une fillette en combinaison spatiale. Quelle journée pourrie !

De son côté, Annie semblait s'amuser comme une folle.

— Qu'est-ce que tu en penses ? demanda-t-elle à Georges en lissant les plis brillants de sa combinaison blanche. Elle est arrivée par la poste aujourd'hui.

Sur le plancher, il aperçut un carton éventré couvert de timbres, avec le logo du magasin AVENTURES SPATIALES JUNIOR. Et à côté, gisait un costume rose à paillettes beaucoup plus petit, agrémenté de badges et de rubans. Sale et usé, il était un peu rapiécé.

— C'est ma vieille tenue spatiale, expliqua Annie. On me l'a offerte quand j'étais petite, continua-t-elle sur un ton assez dédaigneux. Je trouvais ça cool de coudre des tonnes de trucs dessus, mais maintenant je préfère celle-ci, toute simple.

— Pourquoi as-tu commandé une combinaison pareille ? s'enquit Georges. Tu es invitée à une soirée déguisée ?

— N'importe quoi !

Annie roula des yeux.

— Cosmos !

— Oui, Annie, répondit Cosmos avec douceur.

— Mon merveilleux adorable magnifique ordinateur.

— Oh ! Annie ! soupira Cosmos dont l'écran rougeoyait.

— Georges me demande pourquoi j'ai une combinaison spatiale.

— Annie a une combinaison spatiale, expliqua Cosmos, pour voyager dans l'espace. Il fait très froid là-bas, environ moins deux cent soixante-dix degrés Celsius. Elle finirait par geler si elle ne la portait pas.

— Oui, mais… protesta Georges, sans achever sa phrase.

— Je voyage autour du Système solaire avec papa, fanfaronna Annie. Maman vient aussi de temps en temps mais elle ne se sent pas à l'aise dans l'espace.

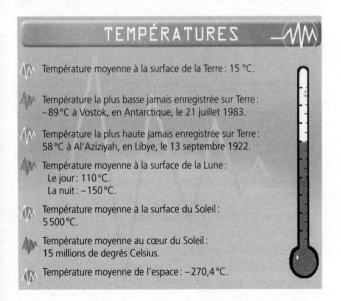

TEMPÉRATURES

Température moyenne à la surface de la Terre : 15 °C.

Température la plus basse jamais enregistrée sur Terre : −89 °C à Vostok, en Antarctique, le 21 juillet 1983.

Température la plus haute jamais enregistrée sur Terre : 58 °C à Al'Aziziyah, en Libye, le 13 septembre 1922.

Température moyenne à la surface de la Lune :
Le jour : 110 °C.
La nuit : −150 °C.

Température moyenne à la surface du Soleil :
5 500 °C.

Température moyenne au cœur du Soleil :
15 millions de degrés Celsius.

Température moyenne de l'espace : −270,4 °C.

Georges commençait à en avoir assez. Il n'était pas d'humeur à supporter les affabulations de la fillette.

— Ça suffit, maintenant, grogna-t-il. Tu ne te promènes pas dans l'espace. Pour cela, il faut une navette spatiale et on ne te laissera jamais monter à bord parce que tu ne dis jamais la vérité.

Annie n'en croyait pas ses oreilles.

— Tu racontes des histoires stupides sur ta vie de ballerine ou d'astronaute. Ton père et Cosmos font semblant de te croire… continua Georges qui était en sueur, fatigué et aurait bien aimé goûter.

Annie fronça les sourcils. Ses yeux bleus s'emplirent de larmes.

— Je dis la vérité ! rétorqua-t-elle, furieuse, ses joues rondes rougissant à vue d'œil. Tu… Tu… Je ne raconte pas d'histoires. Je suis une ballerine, je navigue dans l'espace et je vais te le prouver.

Elle se rua sur Cosmos.

— Et tu m'accompagnes ! s'énerva-t-elle. Comme ça, tu me croiras.

Elle fouilla dans une boîte et sortit une autre combinaison qu'elle lui jeta au visage.

— Enfile-moi ça, ordonna-t-elle

— Ho, ho ! commenta Cosmos.

Debout devant l'écran, Annie pianota sur le clavier.

— Je ne crois pas que ce soit une bonne idée, la prévint Cosmos. Que va dire ton père ?

— Il ne le saura pas, décréta-t-elle. On fait juste l'aller-retour. Dans deux minutes, on est là. S'il te plaît, Cosmos ! le supplia-t-elle, les yeux brillants de larmes. Tout le monde pense que je raconte des histoires mais c'est faux. Je dis la vérité sur le Système solaire et je veux le montrer à Georges.

— D'accord, d'accord, s'empressa de répondre Cosmos. Je t'en prie, ne verse pas d'eau salée sur mon clavier, ça rouille mes circuits. Mais, juste un coup d'œil : ce petit voyage ne me dit rien qui vaille.

L'air décidé malgré les larmes qui coulaient sur ses joues, Annie fit face à Georges.

— Que veux-tu voir ? Qu'est-ce qui t'intéresse le plus dans l'Univers ?

Georges prit le temps de réfléchir. Il ignorait ce qui se tramait. En tout cas, il n'avait pas eu l'intention de mettre Annie dans cet état. Il n'aimait pas la voir pleurer et maintenant, il se sentait encore plus coupable vis-à-vis d'Éric. La veille, celui-ci lui avait confié qu'Annie ne pensait pas à mal et voilà que lui, Georges, se montrait désagréable envers elle. Peut-être valait-il mieux jouer le jeu ?

— Les comètes ! répondit-il, se souvenant de la fin de *Naissance et mort d'une étoile* et du rocher qui avait percuté la fenêtre. Je pense que les comètes sont les choses les plus intéressantes de l'Univers.

Annie tapa le mot « Comète » sur le clavier de Cosmos.

— Vite, Georges ! Enfile ta combinaison, lui ordonna-t-elle. Il va bientôt faire froid.

Puis elle appuya sur ENTRÉE…

Chapitre 9

Une nouvelle fois, le salon fut plongé dans l'obscurité. Le rai brillant de lumière jaillit de l'écran et plana une seconde au milieu de la pièce avant de dessiner une forme. Contrairement à la veille, il ne créa pas une fenêtre, mais traça une ligne qui s'éleva du sol, tourna à gauche, s'étira à l'horizontale, puis repartit vers le bas.

— Oh ! Regarde ! s'exclama Georges. Cosmos a dessiné une porte.

— Je ne me suis pas contenté de la dessiner, grommela Cosmos, froissé. Je suis plus intelligent que cela, tu sais. Je vous ai fabriqué un passage, un portail ! Il conduit à…

— Chut, Cosmos ! l'interrompit Annie qui avait enfilé son casque et parlait dans le micro intégré.

Il lui donnait cette drôle de voix qui avait tellement effrayé Ringo et sa bande.

— Laissons Georges l'ouvrir tout seul.

Pendant ce temps, Georges bataillait avec la lourde combinaison blanche et le casque en verre qu'Annie lui avait lancés. Dans son dos était attaché un petit réservoir relié au casque par un tube afin qu'il puisse respirer correctement. Il chaussa les grosses bottes spatiales, ajusta les gants et fit un pas en avant. Timidement, il poussa la porte qui s'ouvrit sur une surface époustouflante, emplie de centaines de petites lumières – des étoiles. Une en particulier était bien plus grosse et plus brillante que les autres.

— Waouh ! s'écria Georges dans son micro.

Il avait regardé *Naissance et mort d'une étoile* derrière une vitre. Là, il ne semblait rien y avoir entre l'espace cosmique et lui, comme si un petit pas les séparait. Et ensuite ? Que se passerait-il s'il franchissait le portail ?

— Où… ? Quoi… ? Comment… ? bégaya-t-il, émerveillé.

— Tu vois cette étoile lumineuse là-bas, la plus étincelante d'entre toutes ?

La réponse venait de Cosmos.

— C'est le Soleil. Notre Soleil. Il paraît plus petit vu d'ici parce que le portail donne sur un coin du Système solaire bien plus éloigné du Soleil que la planète Terre. Une grosse comète arrive – voilà pourquoi je vous ai choisi cet endroit. Vous la verrez dans quelques minutes. S'il vous plaît, reculez un peu.

Georges fit un pas en arrière, mais Annie, qui se trouvait pile à côté de lui, le prit par la manche et le tira en avant.

PLUTON

Avant août 2006, neuf planètes tournaient autour du Soleil : Mercure, Vénus, la Terre, Mars, Jupiter, Saturne, Uranus, Neptune et Pluton. Évidemment, ces neuf corps célestes existent toujours et possèdent les mêmes caractéristiques qu'auparavant, mais, en août 2006, l'Union astronomique internationale a décidé que Pluton n'était plus une planète à part entière, mais une planète naine.

Cela est dû à un changement de définition du mot « planète ». Voici désormais les trois règles qui font d'un objet céleste une planète :
1) Être en orbite autour du Soleil.
2) Avoir une gravité suffisante pour garder une forme presque ronde.
3) Sa gravité doit avoir attiré tout ce qui se déplaçait à proximité dans l'espace pendant sa rotation autour du Soleil, afin que sa route soit dégagée.

Selon cette nouvelle définition, Pluton n'est plus une planète. Est-elle en orbite autour du Soleil ? Oui. Est-elle presque ronde et le restera-t-elle ? Oui. Son orbite autour du Soleil est-elle libre de tout obstacle ? Non : il existe beaucoup d'objets autour d'elle dans son chemin orbital. Puisqu'elle ne respecte pas cette troisième règle, Pluton a été rétrogradée de planète à planète naine.

Comme les huit autres planètes remplissent ces critères, elles conservent leur titre.

Quant à celles qui tournent autour d'autres étoiles que le Soleil, l'Union astronomique internationale a convenu d'une clause supplémentaire : l'objet céleste ne doit pas avoir une taille telle qu'il deviendra une étoile plus tard.

On appelle « exoplanètes » les planètes qui tournent autour d'autres étoiles que le Soleil. Pour l'instant, plus de 240 exoplanètes ont été observées. La plupart d'entre elles sont énormes, bien plus grosses que la Terre.

En décembre 2006, le satellite *Corot* a été lancé dans l'espace. La qualité de ses détecteurs devrait permettre la découverte d'exoplanètes bien plus petites mesurant environ deux fois la taille de la Terre. En 2007, une planète de ce type, Gliese 581 c, a été détectée en utilisant d'autres moyens.

— S'il vous plaît, écartez-vous de la porte, une comète approche, répéta Cosmos empruntant la voix qui annonce l'arrivée des trains en gare. S'il vous plaît, ne vous approchez pas du bord, la comète fonce à pleine vitesse.

Annie poussa Georges du coude et lui montra le portail avec le pied.

— S'il vous plaît, éloignez-vous de la porte, insista Cosmos.

— Je compte jusqu'à trois… enchaîna Annie qui leva trois doigts.

Au-delà de la porte, une roche bien plus grosse que celle qui avait heurté la fenêtre la veille approchait.

— Cette comète ne s'arrêtera pas, poursuivit Cosmos. Elle traverse notre Système solaire.

Annie plia le majeur.

— Deux.

La roche grisâtre n'était plus très loin.

— La durée de ce voyage est d'environ cent quatre-vingt-quatre ans, leur apprit Cosmos. Arrêt sur Saturne, Jupiter, Mars, la Terre et le Soleil. Sur le chemin du retour, arrêt sur Neptune et Pluton qui a récemment perdu son statut de planète.

— S'il te plaît, mon Cosmos adoré, quand nous serons à bord de la comète, peux-tu accélérer le voyage ? Sinon, il nous faudra des mois pour voir toutes les planètes.

Sans attendre la réponse de l'ordinateur, Annie hurla :

— Un !

Elle prit Georges par la main et l'entraîna de l'autre côté de la porte.

La dernière chose que le garçon entendit fut la voix de Cosmos qui leur criait, comme à des millions et des millions de kilomètres de distance :

— Ne sautez pas ! C'est dangereux ! Revenez…

Puis ce fut le silence.

Chapitre 10

Comme scotchés au trottoir par une force invisible, Ringo et sa bande n'avaient pas quitté la rue.

— C'était quoi ? demanda le petit maigrelet surnommé Crevette.

— J'sais pas, répondit Tank, le grand gaillard qui se grattait la tête.

— Moi, je n'ai pas eu peur, se vanta Ringo.

— Moi non plus, répliquèrent en chœur ses camarades.

— J'allais répondre à ce cinglé déguisé en cosmonaute quand il a eu la trouille et est parti.

— Ouais, ouais, ouais, acquiescèrent les autres. Bien sûr, Ringo, bien sûr.

— Toi !

Ringo désigna le dernier arrivé dans la bande.

— Va sonner à la porte.

— Moi ? bredouilla le garçon.

— Tu as dit que tu n'avais pas peur.

— Je n'ai pas peur ! couina-t-il.

— Alors cours sonner à la porte !

— Pourquoi tu n'y vas pas, toi ? se rebella le nouveau.

— Parce que je te l'ai demandé le premier. Magnetoi !

Ringo le foudroya du regard.

— Tu veux faire partie de notre bande, oui ou non ?

— Oui ! répondit le garçon.

Valait-il mieux affronter un astronaute qui vous menaçait de la malédiction extraterrestre ou mettre Ringo en colère ? Le nouveau choisit l'astronaute – au moins, lui, il ne le croiserait pas tous les jours au collège. D'un pas hésitant, il se dirigea vers la porte d'entrée d'Éric.

— Appuie sur cette sonnette, Machin ! lui ordonna Ringo. Ou tu seras bientôt un ex-membre de notre bande.

— OK, marmonna Machin qui n'aimait décidément pas le surnom qui lui avait été attribué.

Les autres firent quelques pas en arrière.

Le doigt du nouveau effleura la sonnette.

— Ringo… intervint soudain Tank. On fait quoi s'il ouvre la porte ?

— On fait quoi s'il ouvre la porte ? répéta Ringo en réfléchissant à la réponse.

Il leva les yeux au ciel à la recherche d'une idée.

— On…

Le caïd semblait soudain moins sûr de lui. Mais avant qu'il ne leur ponde une réponse, il poussa un cri de douleur : « aaaarrrrgggghhhh ! » Une main le tenait par l'oreille et la tordait.

— Qu'est-ce que vous complotez ? demanda une voix sévère… Celle du professeur Rex.

À en juger par son regard furieux, il n'avait pas l'intention de lâcher l'oreille de Ringo. Les garçons étaient très surpris de voir leur enseignant en dehors du collège – ils n'avaient jamais imaginé qu'un prof puisse vivre et évoluer ailleurs que dans une salle de classe.

— On fait rien de mal ! gémit Ringo.

— On *ne* fait rien de mal, corrigea Rex avec un ton de maître d'école. Ce qui est faux. Vous mijotez un sale coup et si j'apprends que vous terrorisez un plus petit que vous… Georges, par exemple…

Le professeur les dévisageait pour voir si l'un d'eux tressaillait à la mention du prénom de Georges.

— Non, monsieur, répéta dix fois Ringo, terrifié à l'idée de perdre son oreille. Nous ne l'avons pas touché. Je vous jure. Nous lui courions après parce que…

— Il a oublié sa trousse au collège, enchaîna Crevette à toute allure.

— Et on a décidé de la lui rendre avant qu'il rentre chez lui, ajouta Machin, le nouveau.

— Y êtes-vous parvenus ? demanda le professeur Rex, un méchant sourire aux lèvres.

Il relâcha à peine l'oreille de Ringo.

— On s'apprêtait à la lui donner, improvisa ce dernier, quand il est entré dans cette maison.

Il désigna la porte d'Éric.

— On sonnait pour la lui rendre.

Le professeur Rex lâcha l'oreille de Ringo si soudainement que celui-ci tomba à la renverse.

— Il est entré là ? les interrogea-t-il pendant que Ringo se relevait en titubant.

— Ouaip, s'exclamèrent-ils à l'unisson.

— Et si vous me confiiez la trousse de Georges ? Je pourrais la lui remettre en main propre… proposa Rex, la voix mielleuse.

Il plongea la main dans sa poche et en sortit un billet froissé qu'il agita sous leur nez.

— Qui a la trousse ? s'enquit Ringo.

— Pas moi, répondit aussitôt Crevette.

— Ni moi, marmonna Tank.

— Ce doit être toi, lança Ringo à Machin.

— Ringo, je n'ai pas… je ne suis pas… je n'étais pas… paniqua celui-ci.

— Très bien, enchaîna Rex, les yeux exorbités.

Il remit le billet dans sa poche.

— Dans ce cas, je vous conseille de décamper. Vous m'entendez ? Disparaissez !

Il n'eut pas besoin de le leur répéter deux fois. Dès qu'ils furent partis, le professeur Rex resta un moment sur le trottoir. Il souriait tout seul, et le spectacle n'était pas beau à voir. Vérifiant que personne n'était dans les parages, il s'approcha de la maison d'Éric et regarda par la fenêtre. Comme les rideaux étaient tirés, il entraperçut juste deux étranges silhouettes qui se tenaient près d'une sorte de porte au beau milieu de la pièce.

— Intéressant, marmonna-t-il. Très, très intéressant.

Soudain, la température de la rue chuta de manière spectaculaire. Pendant une seconde, il eut l'impression qu'un vent venu du pôle Nord soufflait sur la ville. Étrangement, cet air glacial semblait provenir de la maison d'Éric, mais quand le professeur Rex se baissa afin de regarder sous la porte d'entrée, la vie reprit son cours normal. Il retourna à la fenêtre pour découvrir que les deux silhouettes et le portail s'étaient volatilisés.

Il secoua la tête.

— Ah ! La fraîcheur de l'espace… Comme elle m'a manqué ! murmura-t-il.

Il se frotta les mains.

— Je t'ai enfin retrouvé, Éric ! Je savais que tu reviendrais un jour.

Chapitre II

Quand il franchit le seuil du portail, Georges découvrit qu'il flottait – il ne montait ni ne descendait, il se contentait de dériver dans l'immensité noire de l'espace. Il se retourna, mais l'ouverture par laquelle il avait traversé s'était refermée, comme si elle n'avait jamais existé. Impossible de faire demi-tour et le rocher gigantesque continuait d'approcher.

— Ne me lâche pas la main ! lui cria Annie.

Tandis qu'il serrait fort son gant spatial dans le sien, il eut l'impression de tomber en direction de la comète. Se déplaçant de plus en plus vite, comme s'ils glissaient le long d'un toboggan géant, Georges et Annie tourbillonnèrent jusqu'au gros rocher. En dessous d'eux, le flanc de la comète qui faisait face au Soleil brillait de mille feux. L'autre flanc, que les rayons du Soleil ne frappaient pas, était plongé dans l'obscurité. Ils finirent par se poser lourdement sur une couche épaisse de gravillons moelleux et givrés. Par chance, ils atterrirent sur la face éclairée de la comète et purent voir où ils mettaient les pieds.

— Ha, ha, ha, ha ! s'esclaffa Annie dès qu'elle se releva.

Elle aida Georges à se mettre debout et brossa les particules de glace et de gravier sur sa combinaison.

— Alors ? Tu me crois, maintenant ?

— Où sommes-nous ? s'enquit Georges, tellement surpris qu'il en oubliait d'avoir peur.

Il se sentait extrêmement léger. Il examina les alentours, le paysage de roche, de glace, de neige et d'obscurité. Il avait l'impression de se tenir sur une immense boule de neige sale que quelqu'un aurait envoyée dans l'espace. Les étoiles brillaient de toutes parts.

— Nous vivons une aventure spatiale, répondit Annie, sur une comète. Et c'est la vérité. Je n'ai rien inventé.

— En effet, admit Georges.

D'un geste maladroit, il tapota la combinaison d'Annie.

— Je suis désolé de ne pas t'avoir crue.

— Ce n'est pas grave, déclara-t-elle. Personne ne me croit jamais. Voilà pourquoi il fallait que je te montre. Regarde, Georges !

Elle balaya le ciel avec le bras.

— Je t'emmène voir les planètes du Système solaire.

Elle sortit un morceau de corde de sa combinaison spatiale. Au bout de la corde se trouvait une pointe, semblable à un piquet de tente. À l'aide de sa botte blanche, elle l'enfonça dans la glace.

De son côté, Georges fit un petit saut de joie. Même si

sa combinaison semblait aussi lourde que sur Terre, il n'en revenait toujours pas de se sentir si léger. Si léger qu'il aurait pu vaincre le record absolu de saut en hauteur. Il refit un bond, mais cette fois, il s'éleva et ne redescendit pas, comme s'il avait effectué un pas de géant d'au moins cent mètres ! Jamais il ne serait capable de retrouver Annie…

— Au secours ! Au secours ! cria-t-il dans le micro de son casque tandis qu'il battait en vain des bras pour amorcer une improbable descente.

Une certaine distance le séparait d'Annie à présent – il fallait qu'il se retourne pour la voir. La comète passait rapidement sous lui, avec ses trous et ses petites collines, mais rien à quoi il puisse s'accrocher. Par chance, le sol avait tendance à se rapprocher si bien qu'il se posa à la limite de la zone éclairée et de la zone sombre. Au loin, il aperçut Annie qui courait vers lui sur la glace.

— Si tu m'entends, ne saute plus ! criait-elle, affolée. Si tu m'entends…

— Reçu cinq sur cinq ! la coupa Georges.

— Ne recommence jamais ça ! le réprimanda Annie. Tu aurais pu atterrir sur la face sombre de la comète et je n'aurais peut-être pas pu te retrouver. Allez, viens ! Et n'oublie pas que les semelles de tes bottes sont équipées de petites pointes.

Annie semblait soudain plus mature, très éloignée de la fillette malicieuse qu'il avait rencontrée dans la maison voisine.

— Une comète est différente de la Terre. Nous pesons beaucoup moins lourd ici et quand nous bondissons, nous risquons d'être transportés très loin. Il s'agit d'un monde à part. Oh ! Regarde ! changea-t-elle de sujet. Pile à l'heure.

— Pour quoi ? demanda Georges.

— Pour ça !

Annie désigna l'autre extrémité de la comète où apparut une traînée de glace et de poussière qui s'allongeait lentement. Plus elle grandissait, plus elle capturait la lumière du Soleil lointain et brillait dans le sillon de la comète. On aurait dit que des milliers de diamants étincelaient dans l'espace.

— C'est magnifique, chuchota Georges.

Pendant un instant, ils se turent. Tandis que Georges admirait la traînée lumineuse, il se rendit compte qu'elle était composée des morceaux de sa face éclairée.

— La roche fond ! paniqua-t-il, agrippé au bras d'Annie. Que se passera-t-il quand il ne restera plus rien ?

Annie secoua la tête.

— Ne t'inquiète pas. Nous nous approchons simplement du Soleil. Il réchauffe tout doucement la face éclairée si bien que la glace se transforme en gaz. Nous ne risquons rien car il y a assez de glace ici pour passer devant le Soleil des dizaines de fois. De toute façon, la roche en dessous ne fondra pas, elle, et nous ne tomberons pas dans le vide, si c'est ce qui te fait peur.

— Je n'ai pas peur ! protesta Georges, qui lâcha soudain son bras. Je demandais juste.

— Alors pose des questions plus intéressantes !

— Comme quoi ?

— Comme : Que se passerait-il si un rocher se détachait de la queue de la comète et tombait sur Terre ?

La masse d'un corps se mesure à la force nécessaire pour le mettre en mouvement ou changer sa direction. Attention à ne pas confondre masse et poids. Le poids d'un objet correspond à la force qui l'attire vers un autre objet comme la Terre ou la Lune, et il dépend de la masse d'autres objets et de la distance qui les sépare. On pèse un peu moins lourd en haut d'une montagne qu'au bord de la mer, parce qu'on s'éloigne du centre de la Terre.

Terre   Lune

Comme la masse de la Lune est très inférieure à la masse de la Terre, un astronaute pesant 90 kilogrammes sur Terre pèsera seulement 15 kilogrammes sur la Lune. Avec un entraînement sérieux, il battra facilement sur la Lune le record du monde de saut en longueur.

Né en 1879, le physicien allemand Albert Einstein a découvert qu'énergie et masse sont équivalentes, selon sa célèbre équation $E = mc^2$, où le E représente l'énergie, le m la masse et le c la vitesse de la lumière. Vu que la vitesse de la lumière est très importante, Einstein et d'autres se sont aperçus que cette équation pouvait mener à la fabrication de la bombe atomique, puisqu'une quantité infime de masse était convertie en une très grande énergie lors d'une explosion.

Einstein a aussi découvert que masse et énergie incurvent l'espace et créent la gravité.

Georges donna un coup de pied dans les gravillons et répéta à contrecœur :

— OK. Que se passerait-il ?

— Voilà une bonne question ! s'exclama Annie, apparemment satisfaite. Les roches s'embrasent quand elles entrent dans l'atmosphère terrestre et nous, quand nous scrutons le ciel depuis la Terre, nous voyons des étoiles filantes.

Ils observèrent la queue de la comète jusqu'à ce qu'elle soit trop longue pour qu'ils en perçoivent l'extrémité. Soudain, elle sembla changer de direction : au loin, toutes les étoiles bougeaient.

— Annie ? s'inquiéta Georges.

— Vite ! répliqua-t-elle. Nous n'avons que quelques secondes devant nous. Assieds-toi, Georges.

Elle déblaya deux petites places sur la glace du bout de son gant. Puis elle le plongea dans une autre poche de sa combinaison et en sortit des espèces de grappins.

— Assis ! lui ordonna-t-elle à nouveau.

Elle enfonça les crochets dans la glace avant de les attacher à une assez longue corde fixée à un mousqueton sur la tenue spatiale de Georges.

— Au cas où un objet te heurterait, ajouta-t-elle.

— Un objet ? répéta Georges.

— Euh… Tu sais, d'habitude, c'est mon père qui s'en charge, répliqua-t-elle.

Ensuite, elle s'assit à côté de lui et recommença l'opération.

— Tu aimes les montagnes russes ? lui demanda-t-elle.

— Je ne sais pas, répondit Georges qui n'était jamais monté sur un manège.

🌐 Les comètes sont de grosses boules de neige sales et pas très rondes qui voyagent autour du Soleil. Elles sont composées d'éléments créés dans des étoiles ayant explosé bien longtemps avant la naissance de notre Soleil. On pense qu'il en existe plus de 100 milliards. Très éloignées du Soleil, elles s'approchent de nous les unes après les autres. En général, nous apercevons leur queue scintillante quand elles sont à proximité du Soleil. Pour l'instant, nous n'en avons observé que 1 000.

🌐 Les plus larges que nous connaissons possèdent un noyau central de plus de 32 kilomètres de diamètre.

🌐 Près du Soleil, la glace se transforme en gaz et libère de la poussière qui était emprisonnée en elle. Cette poussière est probablement la plus vieille qui existe dans le Système solaire. Elle contient des informations sur notre voisinage cosmique lors de la naissance des planètes, il y a plus de six milliards d'années.

La plupart du temps, l'orbite des comètes autour du Soleil est très éloignée (bien plus éloignée que celle de la Terre). De temps à autre, l'une d'elles se dirige vers le Soleil. À ce moment-là, deux cas de figure se présentent :

1. Certaines, comme la comète de Halley, sont piégées par la gravité du Soleil. Elles continuent de tourner autour de lui jusqu'à ce qu'elles fondent complètement ou heurtent une planète. Le noyau de Halley mesure environ 16 kilomètres de long. La comète s'approche assez du Soleil pour fondre un peu et laisser une traînée que nous admirons tous les 76 ans environ. Elle était visible depuis la Terre en 1986 et reviendra en 2061. Certaines comètes piégées par la gravité du Soleil s'en approchent plus rarement. La comète Hyakutake, par exemple, voyagera 110 000 ans avant de revenir.

2. Parce qu'elles vont trop vite ou ne s'approchent pas assez du Soleil, d'autres comètes, comme Swan, ne reviennent jamais. Elles passent non loin de la Terre avant de partir pour un long périple à travers l'espace en direction d'une autre étoile. Ces comètes sont des vagabondes cosmiques. Leur odyssée interstellaire peut durer des centaines de milliers d'années, parfois moins, parfois plus.

— Ah, ah ! Tu vas vite le découvrir ! s'esclaffa Annie.

La comète tombait bel et bien – du moins, elle changeait de direction et donnait à Georges l'impression de se diriger vers le « bas ». À la manière dont les étoiles se déplaçaient autour de lui, Georges comprit que la comète chutait à toute vitesse. Cependant, il ne ressentait rien : aucun nœud ne lui serrait le ventre, aucun courant d'air ne lui ébouriffait les cheveux. Déçu, il s'attendait à ce qu'un tour de grand huit lui fasse un autre effet. Et puis, il se dit que les sensations vécues dans l'espace et sur Terre ne méritaient pas d'être comparées.

Georges ferma les yeux quelques instants, histoire d'éprouver quelque chose. Mais non, rien de rien. Soudain, les paupières toujours baissées, il réalisa qu'une force spatiale devait les attirer, la comète et eux, pour qu'elle modifie ainsi sa trajectoire. Instinctivement, Georges sut que la taille de cet aimant dépassait de beaucoup celle de la comète sur laquelle Annie et lui effectuaient leur périple cosmique.

Chapitre 12

Quand Georges rouvrit les yeux, une énorme planète jaune pâle entourée d'anneaux s'élevait dans le ciel noir devant eux. Les deux apprentis cosmonautes coururent le long de la comète en direction d'un point situé juste au-dessus des anneaux. De loin, ils ressemblaient à des rubans soyeux, aussi jaunes que la planète pour certains, plus sombres pour d'autres.

— Voici Saturne, déclara Annie. Et je l'ai vue la première.

— Merci, mais je l'ai reconnue, rétorqua Georges. Comment ça, tu l'as vue la première ? Je suis devant toi, c'est moi qui l'ai vue le premier.

— Menteur, tu ne regardais pas, tu avais trop peur ! Tu fermais les yeux.

La voix d'Annie résonnait dans son casque.

— Na na na na nère !

— Je n'ai pas peur, protesta Georges.

— Chut ! l'interrompit Annie. Tu savais que Saturne

SYSTÈME SOLAIRE

- Le Système solaire représente la famille cosmique de notre Soleil. Il comprend tous les objets piégés par sa gravité : planètes, planètes naines, lunes, comètes, astéroïdes et d'autres petits objets encore à découvrir. On dit qu'un objet capturé par la gravité du Soleil est en orbite autour de celui-ci.

- Planète la plus proche du Soleil : Mercure.

- Mercure est en moyenne à 57,9 millions de kilomètres du Soleil.

- Planète la plus éloignée du Soleil : Neptune. Neptune est en moyenne à 4,5 milliards de kilomètres du Soleil.

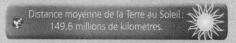

Distance moyenne de la Terre au Soleil : 149,6 millions de kilomètres.

- Nombre de planètes : 8.

- En commençant par la plus proche du Soleil, les planètes sont : Mercure, Vénus, la Terre, Mars, Jupiter, Saturne, Uranus et Neptune.

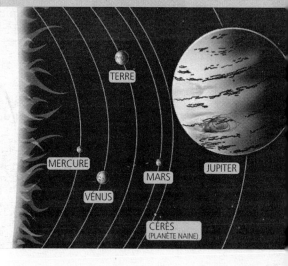

SOLEIL

TERRE

MERCURE

VÉNUS

MARS

JUPITER

CÉRÈS
(PLANÈTE NAINE)

- Nombre de planètes naines : 3.

- De la plus proche à la plus éloignée du Soleil, les planètes naines sont : Cérès, Pluton et Éris.

- Nombre de lunes planétaires connues : 165.
  Mercure : 0 ; Vénus : 0 ; Terre : 1 ; Mars : 2 ; Jupiter : 63 ; Saturne : 59 ; Uranus : 27 ; Neptune : 13.

- Nombre de comètes connues : 1 000 (nombre réel estimé : 1 000 000 000 000 000)

Distance la plus grande parcourue par un objet fabriqué par l'homme : 14,96 milliards de kilomètres. Ce record est détenu par *Voyager 1*, le 15 août 2006 à 10 h 13 G.M.T.
Ce chiffre correspond à exactement 100 fois la distance Terre-Soleil. *Voyager 1* poursuit sa course à ce jour.

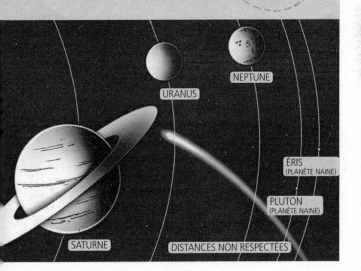

NEPTUNE

URANUS

ÉRIS
(PLANÈTE NAINE)

PLUTON
(PLANÈTE NAINE)

SATURNE

DISTANCES NON RESPECTÉES

était la seconde plus grosse planète en orbite autour du Soleil ?

— Bien sûr que je le savais, mentit Georges.

— Vraiment ? répliqua Annie. Alors dis-moi quelle est la plus grosse d'entre toutes ?

— Eh bien… Euh… bredouilla Georges qui n'en avait aucune idée. La Terre ?

— Faux ! claironna Annie. La Terre est minuscule, tout comme ton petit cerveau. La Terre arrive en cinquième position.

— Comment le sais-tu ?

— Que tu as un petit cerveau ? plaisanta Annie.

— Non, imbécile ! s'énerva Georges. Comment sais-tu pour les planètes ?

— Parce que j'ai fait ce voyage plusieurs fois, répondit Annie qui secoua la tête, comme si elle rejetait en arrière sa queue-de-cheval. Je t'explique… Et écoute-moi attentivement ! lui ordonna-t-elle. Huit planètes gravitent autour du Soleil. Quatre sont énormes – Jupiter, Saturne, Neptune et Uranus –, quatre sont petites. Comme les deux plus grosses le sont bien plus que les autres, on les appelle les géantes. Saturne vient après Jupiter, la plus énorme d'entre toutes. Les quatre petites sont Mars, la Terre, Vénus et Mercure, continua-t-elle en s'aidant de ses doigts. La Terre est la plus grosse des petites, mais si tu les pétrissais toutes les quatre ensemble, tu obtiendrais une boule quarante-cinq fois plus petite que Saturne !

Annie adorait jouer les professeurs d'astronomie. Même si son ton solennel l'agaçait, Georges était secrètement impressionné. Ramasser les pommes de terre et courir après son cochon dans le potager ne tenaient pas la comparaison avec une balade autour du Système solaire à bord d'une comète.

Tandis qu'Annie dissertait, la comète se rapprochait de Saturne. Quand ils la frôlèrent, Georges s'aperçut que ses anneaux n'étaient pas faits de rubans mais de glace, de roches et de pierres. Si les unes avaient la taille d'un grain de poussière, d'autres mesuraient plus de quatre mètres de long. La plupart se déplaçaient trop vite pour que Georges en attrape une. Soudain, il repéra un petit bout de roche qui flottait calmement à côté de lui. Un rapide coup d'œil en arrière lui apprit qu'Annie ne regardait pas… Hop ! il attrapa la roche dans son gant spatial. Un authentique trésor de l'espace ! Son cœur battait si fort à ses oreilles qu'il eut peur qu'Annie ne l'entende dans le transmetteur de son casque. Se doutant que son geste n'était pas autorisé, il espéra qu'elle n'avait rien remarqué.

— Ça va, Georges ? demanda Annie. Pourquoi gigotes-tu ainsi ?

Il réfléchit très vite à un mensonge pour détourner son attention de la roche qu'il essayait de fourrer dans sa poche.

— Pourquoi avons-nous changé de direction ? Pourquoi notre comète s'approche de Saturne ? Pourquoi ne continuons-nous pas sur notre lancée ? baragouina-t-il.

— Oh, mon Dieu ! Tu n'y connais vraiment rien ! soupira Annie. Tu as de la chance que je sois un tel puits de connaissances scientifiques utiles, ajouta-t-elle sur un ton important. Nous nous approchons de Saturne parce que nous tombons vers elle. Comme une pomme tombe sur Terre, comme nous sommes tombés sur la comète quand elle est arrivée, comme les particules des nuages spatiaux tombent les unes sur les autres et deviennent des boules qui deviennent des étoiles. Tout tombe sur quelque chose dans l'Univers. Et tu sais comment s'appelle ce phénomène ?

Georges donna sa langue au chat.

— La gravité.

— C'est à cause de la gravité que nous allons nous écraser sur Saturne ?

— Non, idiot ! Nous nous déplaçons trop vite pour nous écraser. Nous passons tout près, histoire de dire bonjour.

Annie agita la main et cria : « Bonjour, Saturne ! » si fort que, par réflexe, Georges voulut se couvrir les oreilles avec les mains – ce qu'il ne parvint pas à faire à cause de son casque, bien entendu.

— Ne crie pas ! hurla-t-il à son tour.

— Oh ! Je suis désolée, Georges. Excuse-moi.

Tandis qu'ils rasaient Saturne, Georges constata qu'Annie avait raison : la comète ne chuta pas sur la planète géante, mais la dépassa. Un peu plus loin, il découvrit que non seulement Saturne possédait des anneaux, mais aussi une lune, comme la Terre. Tout à coup, il n'en crut pas ses yeux ! Une autre lune, et une autre, et une autre… Au total, il en compta cinq grosses et plusieurs petites. Saturne était à présent trop loin pour qu'il continue à les dénombrer. « Saturne a cinq lunes ! » pensa-t-il. Il ignorait que la Terre n'était pas la seule à posséder une lune, alors cinq ! Il observa Saturne avec respect pendant que la planète géante rapetissait derrière eux, jusqu'à ce qu'elle ne fût plus qu'un point lumineux dans le ciel parsemé d'étoiles.

SATURNE

- Saturne est la sixième planète en partant du Soleil.
- Distance moyenne au Soleil : 1 430 millions de kilomètres.
- Diamètre à l'équateur : 120 536 kilomètres, soit 9,449 fois celui de la Terre.
- Surface : 83,7 fois celle de la Terre.
- Volume : 763,59 fois celui de la Terre.
- Masse : 95 fois celle de la Terre.
- Gravité à l'équateur : 91,4 % de la gravité de la Terre à son équateur.

 Période de révolution : 29,46 années terrestres.

- Structure : noyau rocheux ardent entouré d'une couche métallique liquide, elle-même entourée d'une couche d'hydrogène liquide et d'hélium. Enfin, une atmosphère recouvre le tout.

- Des vents ont été enregistrés à plus de 1 795 kilomètres à l'heure dans l'atmosphère de Saturne. En comparaison, le vent le plus fort jamais répertorié sur Terre est de 371,68 kilomètres à l'heure au mont Washington, dans le New Hampshire, aux États-Unis, le 12 avril 1934. On suppose que le vent peut atteindre une vitesse de 480 kilomètres à l'heure au cœur des tornades. Bien que dévastateurs, ils ne soufflent pas fort en comparaison de ceux qui balaient Saturne.

Pour l'instant, on dénombre 59 lunes confirmées, dont sept rondes. À notre connaissance, Titan, la plus grosse, est la seule lune du Système solaire à avoir une atmosphère conséquente. Le volume de Titan est trois fois celui de notre Lune.

Chapitre 13

La comète poursuivait sa course. Devant eux, le Soleil était plus gros et plus luisant que jamais. Néanmoins, il demeurait petit par rapport à la taille qu'il avait, vu de la Terre. Georges aperçut un autre point lumineux qu'il n'avait pas remarqué auparavant, un point qui grossissait à toute allure au fur et à mesure qu'ils avançaient.

— C'est quoi, là-bas ? demanda-t-il en tendant le bras vers la droite. Une autre planète ?

Comme il n'obtenait pas de réponse, il se retourna. Annie avait disparu. Aussitôt, Georges se détacha de la comète et suivit les empreintes qu'elle avait laissées dans la poudre givrée. Il contrôla avec soin la longueur de ses pas afin de ne pas décoller à nouveau.

Après avoir gravi avec précaution une petite colline de glace, il la vit. Elle scrutait le fond d'un trou, autour duquel gisaient des roches de toutes tailles que la comète semblait avoir recrachées. Georges se pencha à son tour au-dessus du trou. Avec un mètre de profondeur environ, la cavité ne présentait rien de très intéressant.

— Qu'est-ce que c'est ? demanda-t-il. Tu as trouvé quelque chose ?

— Tu vois, je suis allée me promener…, commença à lui expliquer Annie.

— Pourquoi ne m'as-tu pas prévenu ? l'interrompit Georges.

— Tu me criais de ne pas crier ! Alors j'ai décidé d'aller faire un tour toute seule. Parce que comme ça, personne ne sera en colère contre moi.

— Je ne suis pas en colère contre toi !

— Si ! Tu es toujours fâché contre moi. Cela ne fait aucune différence si je suis gentille ou pas.

— Je ne suis pas fâché, hurla Georges.

— Si, tu l'es ! hurla Annie en le menaçant de son poing ganté.

Soudain, il se passa quelque chose d'extraordinaire. Une petite fontaine de gaz et de poussière mêlés jaillit du sol juste à côté de la fillette.

— Regarde ce que tu as fait ! se plaignit Georges.

Il fut interrompu par une autre petite fontaine qui entra en éruption près de lui. Elle forma un nuage de poussière qui se dissipa lentement.

— Annie, que se passe-t-il ?

— Euh… Ce n'est rien, répondit Annie, assez mal à l'aise. Tout va bien, ne t'inquiète pas. Et si nous retournions nous asseoir ? suggéra-t-elle. La vue est plus belle là-bas.

Mais en chemin, le nombre de petits geysers qui jaillissaient à côté d'eux augmentait. La fumée s'épaississait. Ni l'un ni l'autre ne se sentait en sécurité, mais aucun n'aurait voulu l'admettre. Ils continuaient donc à se diriger d'un pas rapide vers leur emplacement premier. Sans dire un mot, ils s'amarrèrent à la comète.

Dans le ciel, le point lumineux de Georges avait encore grossi. Il ressemblait à une planète rayée de rouge et de bleu.

— Voici Jupiter, déclara Annie qui brisa le silence.

Loin de faire étalage de ses connaissances avec assurance, elle murmurait, à présent.

— La plus grosse des planètes. Environ deux fois le volume de Saturne, soit plus de mille fois celui de la Terre.

— Jupiter a-t-elle des lunes, elle aussi ?

— Oui, répondit Annie, mais je ne sais pas combien. Je ne les ai pas comptées la dernière fois que je suis venue. Je pense…

— Es-tu vraiment venue ici avant ? demanda Georges sur un ton soupçonneux.

— Bien sûr que oui ! s'indigna Annie.

Le garçon hésitait à la croire.

À nouveau, la comète et ses passagers entamèrent une descente. Georges prit alors le temps d'admirer l'immense Jupiter. En comparaison de Saturne, elle était gigantesque.

Au bout de quelques instants, Annie désigna une grosse tache rouge à la surface de la planète.

— Ceci… est une tempête géante. Elle dure depuis des centaines et des centaines d'années. Peut-être plus, je ne sais pas. Elle fait plus de deux fois la taille de la Terre !

- Jupiter est la cinquième planète en partant du Soleil.

- Distance moyenne au Soleil : 778,3 millions de kilomètres.

- Diamètre à l'équateur : 142 984 kilomètres, soit 11,209 fois celui de la Terre.

- Surface : 120,5 fois celle de la Terre.

- Volume : 1 321,3 fois celui de la Terre.

- Masse : 317,8 fois celle de la Terre.

- Gravité à l'équateur : 236 % de la gravité de la Terre à son équateur.

- Structure : petit noyau rocheux (comparé à la taille totale de la planète) entouré d'une couche métallique liquide qui se transforme en hydrogène liquide, la distance augmentant. Ce liquide devient ensuite une atmosphère composée d'hydrogène gazeux qui l'enveloppe. Bien qu'elle soit plus grosse que Saturne, la composition générale de Jupiter est semblable à la sienne.

la Grande Tache Rouge

Terre

- La Grande Tache Rouge à la surface de Jupiter est une tempête de type ouragan qui dure depuis plus de trois siècles (Cassini a été le premier à l'observer en 1655), mais elle pourrait exister depuis bien plus longtemps. Cet ouragan géant mesure plus de deux fois la taille de la Terre. Sur Jupiter, il n'est pas rare que les vents atteignent les 1 000 kilomètres à l'heure.

- Période de révolution : 11,86 années terrestres.

- Pour l'instant, on dénombre 63 lunes confirmées. Quatre d'entre elles, assez grosses pour être rondes, ont été observées par le scientifique italien Galilée en 1610. Elles portent d'ailleurs le nom de lunes galiléennes. Baptisées Io, Europa, Ganymède et Callisto, elles font à peu près la taille de notre Lune.

Tandis qu'ils s'éloignaient, Georges compta les lunes.

— Quatre grosses, affirma-t-il.

— Quatre grosses quoi ?

— Lunes. Jupiter en possède aussi plein de petites. Plus que Saturne à mon avis.

— OK, OK, marmonna Annie qui paraissait un peu nerveuse. Si tu le dis.

Georges éprouva soudain de l'inquiétude : ce n'était pas dans les habitudes d'Annie d'être d'accord avec lui. Il remarqua qu'elle s'était blottie contre lui et avait glissé sa main gantée dans la sienne. Autour d'eux, de nouveaux jets de gaz et de poussière s'accompagnaient de petits nuages. Une brume légère enveloppait la comète.

— Ça va ? demanda-t-il à Annie.

Comme elle ne se vantait plus et ne le rembarrait plus, il craignait le pire.

— Georges, je…

Tout à coup, un énorme rocher percuta la comète derrière eux, déclencha une sorte de séisme et expédia davantage de roches et de glace dans la brume.

Les deux apprentis cosmonautes levèrent les yeux – des centaines et des centaines de rochers dégringolaient à une vitesse fulgurante. Et ils n'avaient nulle part où s'abriter.

— Des astéroïdes, cria Annie. Nous sommes pris dans une tempête d'astéroïdes !

Chapitre 14

— On fait quoi ? hurla Georges.

— Rien, cria Annie à tue-tête. Il n'y a rien à faire.
Prends garde à toi ! J'appelle Cosmos au secours.

La comète traversait la pluie d'astéroïdes à une vitesse
prodigieuse. Un autre gros rocher s'écrasa devant eux et
lança de petits projectiles sur leurs combinaisons et leurs
casques. Dans le transmetteur, Georges entendait les cris
d'Annie. Soudain, plus un bruit, comme si la radio avait
été coupée.

Georges tenta de communiquer avec Annie par micro
mais elle ne l'entendait pas non plus. Il se retourna et vit
qu'elle essayait de lui parler derrière la visière de son
casque. Comme il ne captait pas un seul mot, il hurla à
pleins poumons :

— Annie ! Ramène-nous à la maison ! Ramène-nous
à la maison !

En vain. L'antenne de son casque était brisée en deux.
Voilà pourquoi ils ne pouvaient pas se comprendre.

Devait-il en conclure qu'elle ne pouvait pas communiquer avec Cosmos ?

Accrochée à Georges, Annie hochait désespérément la tête. Elle essayait de toutes ses forces d'appeler Cosmos, mais l'ordinateur ne répondait pas. Comme Georges le craignait, le système qui la reliait à lui et à Cosmos avait été endommagé par l'averse rocheuse. Coincés sur une comète, ils essuyaient une tempête céleste sans entrevoir d'issue de secours. Georges tenta d'appeler Cosmos à son tour, mais le pauvre ignorait comment s'y prendre. D'ailleurs, était-il équipé pour ? Il ne reçut aucune réponse. Les yeux fermés, Annie et Georges se serrèrent l'un contre l'autre.

Puis aussi soudainement qu'elle avait commencé, la pluie d'astéroïdes cessa. Une minute plus tôt, les roches s'abattaient sur eux, la suivante, la comète s'éloignait du danger. Lorsqu'ils examinèrent les alentours, Georges et Annie comprirent qu'ils avaient eu beaucoup de chance d'en réchapper. Les rochers formaient une large ligne qui s'étirait à perte de vue. Plutôt grosses en général et assez éparpillées, les roches paraissaient plus petites et plus rapprochées le long du sillage creusé par la comète.

Cependant, ils étaient loin, très loin d'être sortis d'affaire. Des gaz jaillissaient tout autour. Bientôt, un jet apparut pile sous eux. L'épaisse brume créée par les explosions consécutives les empêchait presque de voir le ciel. Seuls le Soleil et un vague petit point bleu grossissaient au loin.

Georges se tourna vers Annie pour lui montrer le point bleu. Elle hocha la tête puis essaya d'épeler un mot à l'aide de son index ganté. Georges ne comprit que la première lettre : T. Alors qu'ils s'approchaient, la comète bascula légèrement en avant et Georges comprit tout à coup le mot d'Annie. T comme Terre ! Le petit point bleu devant lui était la planète Terre ! Elle lui parut si petite à côté des autres, et si belle. Sa planète, sa maison. Il mourait d'envie de rentrer, à présent. Il écrivit COSMOS dans les airs, mais Annie secoua la tête et lui fit non de la main.

CEINTURE D'ASTÉROIDES

🛰 Les astéroïdes sont des corps célestes en orbite autour du Soleil qui ne sont pas assez gros pour être ronds et s'appeler « planètes » ou « planètes naines ». Il en existe des millions autour du Soleil : 5 000 nouveaux astéroïdes sont découverts chaque mois. Leur taille varie, du petit caillou à l'objet de plusieurs centaines de kilomètres de diamètre.

🛰 Un anneau rempli d'astéroïdes gravite autour du Soleil. Situé entre Mars et Jupiter, on l'appelle la « ceinture d'astéroïdes ». Elle est si grande et si étendue que la plupart des astéroïdes la composant voyagent en solo. Toutefois, certaines zones sont moins vides que d'autres.

Autour d'eux, les conditions atmosphériques empiraient à chaque seconde. Par centaines, les gerbes de gaz et de poussière retombaient. Ils se cramponnèrent l'un à l'autre, deux naufragés de l'espace ignorant totalement comment sortir du mauvais pas dans lequel ils s'étaient fourrés.

« Au moins, pensa Georges, rêveur, j'ai vu la Terre depuis l'espace. » Il aurait aimé pouvoir raconter à ses proches combien elle semblait minuscule et fragile en comparaison des autres planètes. Malheureusement, il leur était impossible de rentrer chez eux. Le brouillard épais leur masquait la vue. Comment Cosmos avait-il pu les abandonner ainsi ?

Georges se demandait si ce serait là sa dernière pensée quand soudain, un portail lumineux apparut à côté d'eux. Un homme en combinaison spatiale le franchit, les décrocha de la comète et, l'un après l'autre, les souleva et les lança par la porte. Une microseconde plus tard, Annie puis Georges atterrirent brutalement au milieu du salon d'Éric. Leur sauveur surgit à son tour, juste avant que la porte ne se ferme en claquant derrière lui. Dès qu'il eut ôté son casque et foudroyé du regard les deux voyageurs affalés sur le parquet, Éric hurla :

— Par les lunes de Saturne, vous avez perdu la raison ?

Chapitre 15

— Par les lunes de Saturne, vous avez perdu la raison ?

La colère d'Éric était telle qu'un instant Georges regretta de ne plus chevaucher la comète folle qui se dirigeait droit sur le Soleil.

— Justement, on n'en était pas loin, murmura Annie qui s'extrayait de sa combinaison.

— Ça, je sais !

Éric la contourna. Georges ne pensait pas qu'il puisse se mettre en colère au point… d'exploser. Il s'attendait presque à voir de grands jets de vapeur sortir des oreilles d'Éric, comme sur la comète.

— Monte dans ta chambre, Annie, lui ordonna Éric. Nous parlerons plus tard.

— Mais, pa… pa… gémit Annie, qui se tut au premier coup d'œil de son père.

Elle enleva ses lourdes bottes, se tortilla pour s'extirper de son scaphandre et fila dans le couloir, tel un éclair blond.

— Au revoir, Georges, marmonna-t-elle au passage.

— Quant à toi…, poursuivit Éric d'un ton si menaçant que le sang de Georges se glaça.

Puis il se rendit compte qu'Éric ne s'adressait pas à lui, mais à Cosmos, lui laissant présager un sale quart d'heure.

— Maître, déclara une voix mécanique, je ne suis qu'une pauvre machine. J'obéis simplement aux ordres que l'on me donne.

— Tissu de mensonges ! hurla Éric. Tu es l'ordinateur le plus puissant du monde. Tu as laissé deux enfants se promener dans l'espace tout seuls. Si je n'étais pas rentré plus tôt, qui sait ce qu'il leur serait arrivé ? Tu aurais pu… Tu aurais dû les en empêcher !

— Oh, zut, je crois que je vais planter, répliqua Cosmos dont l'écran s'éteignit d'un coup.

La tête entre les mains, Éric fit les cent pas dans le salon pendant une minute.

— Je n'y crois pas, répétait-il. Terrible, terrible. Quel désastre ! grogna-t-il.

— Je suis absolument désolé, murmura Georges.

Éric fit volte-face et le dévisagea.

— Je te faisais confiance, Georges. Jamais je ne t'aurais montré Cosmos si j'avais cru qu'à la seconde où j'aurais le dos tourné, tu passerais en douce par la porte pour visiter l'espace. Et emmener une fillette avec toi… Tu n'as pas idée à quel point c'est dangereux là-haut.

Georges aurait aimé crier à l'injustice. Ce n'était pas sa faute, mais celle d'Annie qui avait décidé de l'embarquer dans cette aventure. Il préféra se taire : Annie, imagina-t-il, avait assez de problèmes pour le moment sans qu'il en rajoute.

— Il y a des choses dans l'espace que tu ne peux même pas imaginer, continua Éric. Des choses extraordinaires, fascinantes, énormes, stupéfiantes. Mais aussi dangereuses. Très dangereuses. J'allais t'en parler, mais maintenant…

Il secoua la tête.

— Je dois te ramener chez toi.

Et là, Éric eut ces paroles terrifiantes :

— Il faut que j'en touche un mot à tes parents.

Comme Georges l'apprit un peu plus tard, Éric en toucha plus qu'un mot à ses parents. Il en raconta assez pour qu'ils se sentent très déçus, voire blessés par l'attitude de leur fils, car malgré toutes leurs bonnes intentions, malgré leur désir que Georges aime la nature et déteste la technologie, celui-ci avait été pris la main dans le sac chez les voisins en train de jouer à l'ordinateur. Une machine fragile et coûteuse, que les enfants avaient interdiction d'approcher. Pire ! Georges avait inventé un jeu (Éric ne s'était pas étendu sur le sujet) et persuadé Annie de se joindre à lui – un jeu à la fois dangereux et stupide. Comme punition, les deux enfants n'avaient plus le droit de se voir pendant un mois.

— Super ! s'exclama Georges quand son père lui annonça la sentence.

Sur le moment, il ne voulait plus jamais entendre parler d'Annie. Il avait déjà eu assez d'ennuis par sa faute.

— Et, ajouta le père de Georges dont la grosse barbe

broussailleuse lui donnait un air sévère et mal luné ce jour-là, Éric m'a promis de mettre l'ordinateur sous clef afin qu'aucun de vous d'eux ne puisse l'approcher.

— Noooon, s'écria Georges. Il ne peut pas faire ça !

— Oh, que si ! gronda son père. Et il le fera.

— Mais Cosmos va s'ennuyer tout seul ! protesta Georges, tellement contrarié qu'il ne réfléchit pas à ce qu'il dit.

— Georges, s'inquiéta son père, nous parlons d'un ordinateur et non d'un être humain… Les ordinateurs ne s'ennuient pas, ils n'éprouvent pas de sentiments.

— Celui-là, si ! hurla Georges.

— Oh, mon Dieu ! soupira son père. Si la technologie a cet effet-là sur toi, tu comprends que j'aie raison de vouloir t'en éloigner.

Frustré, Georges grinça des dents – pourquoi les adultes tournaient-ils toujours les choses à leur avantage ? Il monta dans sa chambre en traînant des pieds. Le monde lui sembla soudain beaucoup plus ennuyeux qu'avant.

Georges savait que Cosmos allait lui manquer, mais il ne se doutait pas qu'il s'ennuierait aussi d'Annie. Au début, il fut content de ne plus la voir – quelle chance de récolter pareille punition ! Mais au bout de quelques jours, il cherchait du regard ses mèches blondes de l'autre côté de la clôture. Il mit cela sur le compte de l'ennui. Comme il était consigné à la maison, il n'avait le droit de voir aucun de ses amis, et les activités que lui proposaient ses parents le barbaient : sa mère voulait qu'il tisse un tapis pour sa chambre et son père essaya de lui expliquer le fonctionnement du groupe électrogène qu'il avait fabriqué. Malgré l'enthousiasme de ce dernier, Georges s'en fichait éperdument.

La seule étoile venue illuminer sa vie se présenta sous la forme d'une affiche au collège, qui annonçait un concours scientifique, avec pour premier prix un… ordinateur ! Georges mourait d'envie de gagner. Il passa des heures à rédiger un superbe exposé sur les merveilles de l'Univers et à dessiner les planètes qu'il avait croisées pendant son voyage intersidéral. Pourtant malgré ses efforts redoublés, il ne parvenait pas à trouver les mots justes. Tout sonnait tellement faux qu'il abandonna ; dépité, il se résigna à vivre dans l'ennui jusqu'à la fin des temps.

Quand enfin, il se passa un événement intéressant. Un après-midi gris d'automne, fin octobre – le mois le plus sinistre qu'il ait jamais vécu – Georges traînait dans le jardin lorsqu'il remarqua quelque chose d'inhabituel. Un petit trou dans la clôture avait pris une teinte bleue… Il jeta un œil, quand un couinement se fit entendre.

— Georges ! s'exclama une voix familière.

Il se trouva nez à nez avec Annie !

— On n'a pas le droit de se parler, chuchota-t-il.

— Je sais ! Mais je m'ennuie…

— Tu t'ennuies ? Avec Cosmos ?

— Papa l'a mis sous clef, renifla-t-elle. Je ne peux plus jouer avec lui. Je n'ai même pas la permission d'aller sonner aux portes ce soir pour Halloween.

— Moi non plus, avoua Georges.

— Dire que j'ai un magnifique costume de sorcière...

— Ma mère prépare une tarte à la citrouille, se

plaignit Georges. Je te parie qu'elle sera infecte. Quand elle aura fini, je serai obligé d'aller en goûter un morceau à la cuisine.

— De la tarte à la citrouille ? Ça m'a l'air bon. Je peux avoir ta part si tu n'en veux pas ?

— Oui, mais tu n'as pas le droit d'entrer chez moi, si je me souviens bien. Après ce qu'il s'est passé… la dernière fois que nous nous sommes vus.

— Je suis vraiment désolée, s'excusa Annie. Pour le voyage sur la comète, les astéroïdes, les jets de gaz, mon père qui t'en veut. Et tout. Je ne pensais pas à mal.

Georges ne lui répondit pas. Alors qu'il avait longuement réfléchi aux paroles blessantes qu'il lui dirait, il ne s'en sentait plus le courage en face d'elle.

— Oh là là ! soupira Annie.

Georges crut entendre des pleurs de l'autre côté de la clôture.

— Annie ? l'appela-t-il doucement à plusieurs reprises.

Pppreeeeewwwhhhh !

« Voilà ce qu'on appelle se moucher », se dit Georges.

Il courut le long de la palissade. Son père avait commencé à réparer le trou percé par Fred, mais distrait par autre chose, il avait laissé tombé à mi-parcours. Il restait une étroite ouverture, assez large pour permettre à une personne menue de se faufiler.

— Annie !

Georges passa la tête. À présent, il la voyait de l'autre côté, elle s'essuyait le nez sur sa manche et se frottait les yeux. Habillée de vêtements normaux, elle ne ressemblait plus à l'enfant étrange et féerique ou au mystérieux visiteur de l'espace. Elle n'était plus qu'une petite fille esseulée. Soudain, Georges eut vraiment de la peine pour elle.

— Viens ! lui cria-t-il. Traverse. On ira se cacher dans le cabanon de Fred.

— Je croyais que tu me détestais ! murmura Annie qui se glissait dans le trou. À cause de…

— Ah, ça ! l'interrompit Georges, l'air de rien, comme si l'idée lui en venait seulement à l'esprit. Plus petit, j'aurais été furieux, expliqua-t-il, beau joueur. Mais aujourd'hui…

— Oh ! s'exclama Annie dont le visage ruisselait. On peut être amis, alors ?

— Seulement si tu traverses la clôture, la taquina Georges.

— Et ton père ? Il ne sera pas fâché ?

— Il est sorti. Il ne revient pas avant plusieurs heures.

En fait, ce matin-là, Georges était plutôt content d'être consigné dans sa chambre. Quelquefois le samedi, son père l'emmenait avec lui, lorsqu'il participait à des marches contre le réchauffement de la planète. Plus jeune, Georges adorait ces manifestations – cela l'amusait beaucoup d'arpenter le centre-ville en brandissant des pancartes et en braillant des slogans. Ces militants écologistes défilaient dans la bonne humeur, le hissaient parfois sur leurs épaules, lui offraient des soupes bio. Par la suite, Georges s'était senti gêné au milieu d'eux. Quand, ce matin-là, son père lui avait déclaré gravement qu'il resterait à la maison, Georges avait feint d'être triste pour ne pas blesser les sentiments paternels. En secret, il avait poussé un énorme soupir de soulagement.

— Viens, Annie !

Loin d'être chaleureux et confortable, le cabanon de Fred représentait cependant la cachette idéale pour des enfants souhaitant éviter des adultes en colère. Georges aurait parié qu'Annie se plaindrait de l'odeur de cochon – qui n'était pas aussi forte que les gens le croyaient – mais elle se contenta de froncer le nez et de se blottir sur la paille dans un coin. Fred dormait, son haleine chaude s'exhalait en petits ronflements, sa grosse tête reposait sur ses pattes avant.

— Alors, terminé les aventures ? demanda Georges à Annie après s'être assis à côté d'elle.

— On dirait, répondit Annie qui frottait ses baskets contre le mur en bois. Selon papa, je retournerai dans l'espace quand je serai très vieille, vers mes vingt-trois ans.

— Vingt-trois ? C'est loin, ça !

— Je sais, soupira Annie. Dans plusieurs siècles. Mais au moins, il n'en a pas parlé à maman. Elle, elle aurait été vraiment fâchée. Je lui ai promis que je prendrais soin de papa et que je l'empêcherais de faire des bêtises.

— Tiens, parle-moi un peu de ta maman !

— Maman ?

Annie pencha la tête, Georges commençait à reconnaître ses petites manies.

— Elle danse le *Lac des cygnes* avec le ballet du Bolchoï à Moscou.

Dans son sommeil, Fred renifla très fort.

— C'est faux, répliqua Georges. Même Fred sait que tu mens.

— D'accord… Elle s'occupe de ma grand-mère qui ne va pas très bien.

— Pourquoi ne l'as-tu pas dit tout de suite ?

— Parce que la vérité n'est pas toujours intéressante. Par contre, je ne mentais pas pour l'espace !

— C'est vrai, admit Georges, mais…

— Quoi ? demanda Annie qui tressait trois brins de paille.

— Pourquoi ton père se rend-il dans l'espace ? Pourquoi possède-t-il Cosmos ? À quoi sert cet ordinateur ?

— Papa essaie de découvrir une nouvelle planète dans l'Univers.

— Quelle sorte de planète ?

— Une spéciale. Où les gens pourraient vivre. Tu sais, au cas où la Terre se réchauffe trop.

— Waouh ! Et il en a trouvé une ?

— Pas encore. Mais il cherche. Il voyage à travers les galaxies. Il ne s'arrêtera pas tant qu'il n'aura pas réussi.

— Génial ! Moi aussi, j'aimerais avoir un ordinateur qui m'expédie aux quatre coins de l'Univers. En fait, j'aimerais juste avoir un ordinateur.

— Tu n'en as pas ? s'étonna Annie. Pourquoi ?

— J'économise pour m'en acheter un, mais ça risque de me prendre des années et des années.

— Tu es mal parti, on dirait…

— Tu ne sais pas tout ! Je me suis inscrit à un concours de sciences et le premier prix est un ordinateur ! Un vrai !

— Ça consiste en quoi ?

— Il s'agit de faire un exposé scientifique, une sorte

de conférence. La personne qui prononce le meilleur discours a gagné. Plusieurs collèges y participent.

— Georges ! s'exclama Annie, tout excitée. J'y vais avec ma classe ! C'est dans huit jours, non ? Je passe la semaine prochaine chez ma grand-mère. On se verra pendant le concours !

— Tu t'es inscrite ? demanda Georges, soudain inquiet.

À côté de l'exposé d'Annie, avec sa vie passionnante, ses connaissances scientifiques et son imagination débordante, le sien serait aussi appétissant qu'un riz au lait préparé par sa mère.

— Bien sûr que non ! Je n'ai pas envie de gagner un stupide ordinateur. S'ils offraient des ballerines, ce serait différent, mais là… De quoi comptes-tu parler ?

— Eh bien…, bafouilla Georges. J'aimerais parler du Système solaire, mais je n'écris rien de bon. En fait, je n'y connais pas grand-chose.

— Au contraire ! s'écria Annie. Tu en sais plus que n'importe qui d'autre au collège. Tu en as observé une bonne partie depuis l'espace, comme Saturne, Jupiter, les astéroïdes et même la Terre !

— Et si je racontais tout de travers ?

— Pourquoi ne demanderais-tu pas à mon père de relire ton texte ?

— Il est vraiment fâché contre moi… Jamais il ne voudra m'aider.

— Je lui en parlerai ce soir, décréta Annie. Tu viendras après le collège lundi et tu en discuteras avec lui, d'accord ?

À ce moment-là, ils entendirent quelqu'un frapper un

petit coup sur le toit. Les deux enfants se figèrent quand la porte de la porcherie s'ouvrit en grand.

— Bonjour ! chantonna une voix féminine.

— Ma mère, expliqua silencieusement Georges.

— Oh non ! articula Annie à son tour.

— Un bonbon ou un mauvais sort ? demanda la maman de Georges en imitant la voix d'une sorcière.

— Un bonbon ? avança Georges avec espoir.

Annie hocha la tête.

— Un bonbon pour deux ?

— Oui, s'il te plaît, répondit Georges. Pour moi et… pour Fred, bien sûr.

— Fred est un drôle de prénom pour une fille.

— Oh, s'il vous plaît, la maman de Georges ! intervint Annie, incapable de se taire plus longtemps. Ne le punissez pas davantage. Ce n'est pas sa faute.

— Ne vous inquiétez pas, mes enfants, répliqua-t-elle.

Au ton de sa voix ils savaient qu'elle souriait.

— Je trouve ça idiot de vous interdire de vous voir. Je vous ai apporté votre quatre-heures – de délicieux muffins aux brocolis et une part de tarte à la citrouille !

Avec un cri de joie, Annie se rua sur le plateau plein de petits pains aux formes étranges.

— Merci, madame, marmonna-t-elle, la bouche pleine. Ils sont excellents.

Chapitre 16

Pendant ce temps, à l'autre bout de la ville, le père de Georges était en pleine activité. Munis de pancartes et criant des slogans, les militants écologistes avaient envahi la rue commerçante.

— La planète se meurt, criaient-ils aux passants surpris. Recyclons les sacs en plastique ! Bannissons les voitures ! Arrêtons de gaspiller les ressources de la Terre !

Arrivés sur la place du Marché, le père de Georges grimpa sur le socle d'une statue et prit la parole.

— L'heure est venue de nous mobiliser ! Demain il sera trop tard !

Comme personne ne lui prêtait attention, un de ses amis lui tendit un mégaphone.

— Il nous reste peu de temps pour sauver la planète, répéta-t-il si fort que sa voix résonna sur la place. Si la température de la Terre continue à augmenter d'ici la fin du siècle, inondations et sécheresse tueront des milliers de personnes et en obligeront deux cents millions d'autres à fuir leurs pays. Une grande partie du monde sera inhabitable. La nourriture viendra à manquer et les gens mourront de faim. La technologie ne sera pas capable de nous sauver. Parce qu'il sera trop tard !

À la grande surprise du père de Georges, quelques spectateurs applaudirent et hochèrent la tête. Il participait à ces marches depuis des années, distribuait des tracts, haranguait les foules. Il avait pris l'habitude qu'on l'ignore, ou qu'on le traite de fou parce qu'il affirmait que les gens n'avaient pas besoin de plusieurs voitures, polluaient trop, dépendaient trop de machines gloutonnes en énergie. Et voilà que soudain, on écoutait le scénario dramatique qu'il martelait depuis si longtemps.

— Les calottes glaciaires fondent, le niveau de la mer monte, le climat se réchauffe, poursuivit-il. Les avancées technologiques et scientifiques nous ont donné le pouvoir de détruire la planète. À présent, nous devons œuvrer pour la sauver !

Parmi les quelques clients du marché qui s'étaient arrêtés pour l'écouter, une timide acclamation s'éleva.

— Il est temps de sauver la planète ! cria le père de Georges.

— Sauvons la planète ! s'exclamèrent les manifestants ainsi que deux ou trois passants. Sauvons la planète ! Sauvons la planète !

Sous les applaudissements, le père de Georges leva les bras en l'air en signe de victoire. Il était surexcité ! Enfin, les gens s'intéressaient un peu à l'état dégradé de la Terre. Et soudain, il se rendit compte que toutes ces années passées à éveiller les consciences avaient servi à quelque chose. Ses efforts commençaient à porter leurs fruits. Les groupes écologistes n'avaient pas protesté en vain. Soudain, les encouragements diminuèrent. Le père de Georges s'apprêtait à reprendre la parole quand, surgie de nulle part, une grosse tarte à la crème vola au-dessus de la foule et s'écrasa sur son visage.

Après une seconde de silence stupéfait, tout le monde éclata de rire en voyant le pauvre père de Georges avec sa barbe dégoulinante de crème. Jouant des coudes parmi les spectateurs, un groupe de garçons en costume d'Halloween s'éloignèrent de la place du Marché en courant.

— Attrapez-les ! cria quelqu'un, en montrant du doigt la bande d'individus masqués qui se sauvaient à toutes jambes en riant comme des baleines.

Le père de Georges ne s'offusqua pas – cela faisait des années que les gens lui jetaient toutes sortes de choses au visage pendant ses discours ; il avait été si souvent arrêté, bousculé, insulté et chassé de tellement d'endroits tandis qu'il s'efforçait de faire comprendre à la population le danger que la planète courait, qu'une tarte à la crème de plus ne lui faisait ni chaud ni froid. Il se contenta de s'essuyer les yeux et de poursuivre son speech.

Quelques manifestants coururent après le groupe de démons, diables et zombies, mais ils furent vite semés. Hors d'haleine, ils firent donc demi-tour.

Quand les garçons s'aperçurent que les adultes avaient abandonné la partie, ils stoppèrent.

— Ah ah ah ah ah ! ricana le zombie qui ôta son masque pour laisser apparaître les traits de Ringo.

Son vrai visage n'était guère plus charmant que le masque en caoutchouc.

— La classe ! haleta Crevette qui enleva son masque noir et blanc de *Scream*. Bien jeté, la tarte, Ringo !

— Ouais ! renchérit un énorme diable qui remuait sa queue fourchue et balançait son trident. En plein dans la figure !

À en juger par sa taille, il devait s'agir de Tank, le garçon qui n'arrêtait pas de grandir.

— J'adore Halloween ! clama Ringo. Personne ne pensera que c'est nous.

— Et maintenant, on fait quoi ? couina Machin, déguisé en Dracula.

— Comme le veut la tradition, lui répondit Ringo, allons jouer quelques mauvais tours ! Voilà ce que je vous propose…

Cet après-midi-là, les garçons s'en donnèrent à cœur joie et fichèrent la frousse à une partie de la petite ville. À l'aide d'un pistolet à eau, ils arrosèrent une vieille dame de grenadine puis ils jetèrent de la farine violette sur un groupe de petits, allumèrent des pétards sous une voiture en stationnement si bien que son propriétaire crut qu'elle explosait. Chaque fois, ils provoquaient le plus de dégâts possible et déguerpissaient avant que quelqu'un ne les attrape.

Ils atteignirent la sortie de la ville, là où les habitations se faisaient plus rares. Les petites maisons coquettes qui se serraient dans les rues étroites cédaient la place à des demeures plus vastes et distantes les unes des autres. Toutes avaient de grandes pelouses vertes, de larges haies et des allées en gravillons. La nuit tombait et les fenêtres noires, les colonnades et les portes d'entrée majestueuses donnaient à certaines un air sinistre dans la pénombre. La plupart étaient silencieuses et plongées dans l'obscurité La bande ne prit pas la peine de sonner aux portes. Ils s'apprêtaient à rentrer chez eux quand ils arrivèrent devant la toute dernière maison de la ville, immense et construite sans plan précis, agrémentée de tourelles, de statues effritées, d'un vieux portail en fer forgé dégondé. Au rez-de-chaussée, chaque fenêtre brillait d'un vif éclat.

— Une dernière pour la route ! s'écria Ringo. On met le paquet.

La bande vérifia sa réserve d'armes et se précipita à sa suite le long de l'allée envahie par les mauvaises herbes. À proximité de la maison, ils remarquèrent une étrange odeur d'œuf pourri, de plus en plus forte au fur et à mesure qu'ils approchaient.

— La vache ! s'exclama le grand diable en se pinçant le nez. C'est qui ?

— Pas moi, piailla Machin.

L'odeur était si puissante à présent que les garçons avaient du mal à respirer. Devant la porte – la peinture se détachait du bois par bandes entières – l'air devint épais et gris. La main sur la bouche et le nez, Ringo appuya sur la sonnette géante. Elle émit un triste bruit métallique, comme si elle ne servait pas souvent. À la surprise de la bande, la porte s'entrouvrit et des doigts jaunis par le tabac apparurent dans l'entrebâillement.

— Oui ? demanda une voix désagréable mais familière.

— Un bonbon ou un mauvais sort ? coassa Ringo, au bord de l'asphyxie.

— Un mauvais sort !

La porte s'ouvrit en grand sur un homme portant un vieux masque à gaz. De grands nuages jaunes et nauséabonds accompagnés d'une fumée grise assaillirent les garçons et leur masquèrent la vue.

— Courez ! hurla Ringo.

Mais ses copains avaient déjà tourné les talons et fuyaient l'épais brouillard. Le souffle coupé, reniflant tant et plus, ils titubèrent le long de l'allée, passèrent le portail et s'arrêtèrent sur le trottoir. Ils arrachèrent leurs masques d'Halloween afin de respirer un peu d'air frais. Seul Ringo ne se trouvait pas avec eux – il avait trébuché dans l'allée et était tombé sur les gravillons. Il se tenait la jambe.

— Au secours, au secours ! gémit-il.

Les autres se dévisagèrent. Aucun ne voulait retourner le chercher. À travers le voile de fumée, ils virent l'homme sortir de chez lui et s'avancer vers l'allée.

— Vite ! s'exclama Machin. Il faut sauver Ringo.

Les deux autres marmonnèrent, sans bouger. L'individu ne portait plus son masque et la fumée qui se dissipait dévoilait son visage. Ringo s'était relevé et l'homme semblait lui parler, même si les garçons n'entendaient pas leur conversation.

Au bout de quelques minutes, Ringo se retourna et leur fit signe d'approcher.

Quand notre Lune se lève peu avant l'aube, sa partie sombre est doucement éclairée par la lumière cendrée (la lumière du Soleil reflétée par la Terre).

Contrairement à ce que l'on croit, la Lune n'est pas grise. Pour preuve, cette photo qui met en valeur les tons subtils produits par les différentes caractéristiques géologiques de la Lune.

Depuis la Terre, il est impossible de voir cette face de la Lune. Ce cliché a été pris par le vaisseau *Apollo 16* en 1972.

La nébuleuse sombre dite de la Tête de Cheval, au centre de l'image, doit son nom à sa forme particulière. En arrière-plan, la nébuleuse en émission appelée IC 434 est lumineuse car l'hydrogène qu'elle contient est échauffé par des étoiles chaudes. Il faut à cette lumière 1 500 ans pour atteindre la Terre.

Ces nuages cosmiques
en forme de pilier sont
composés d'hydrogène
et de poussière.
Ils contiennent des étoiles
non développées
et portent le nom
de Piliers de la Création.

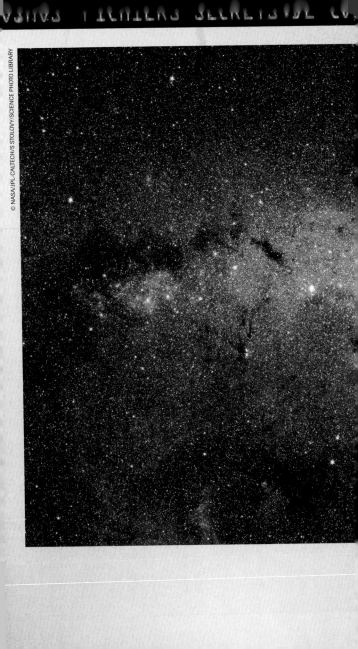

Le cœur de la Voie lactée est impossible à regarder à l'œil nu à cause de la poussière cosmique qui l'entoure. Cette photo infrarouge nous permet de voir des centaines de milliers d'étoiles cachées. À l'intérieur du point blanc, au centre, se trouve un gigantesque trou noir.

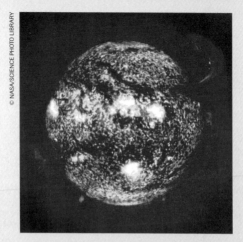

© NASA/SCIENCE PHOTO LIBRARY

Photo ultraviolet du Soleil. En haut à droite, un
nuage de plasma (gaz) chaud entre en éruption.
On parle alors de « proéminence solaire ».

© ANGLO-AUSTRALIAN OBSERVATORY/DSS/DAVID MALIN IMAGES

Proxima Centauri (le point rouge au centre) est l'étoile la plus
proche du Soleil. Il faut 4,22 ans à la lumière pour voyager de
cette étoile à la Terre contre 8,31 minutes pour voyager du
Soleil à la Terre.

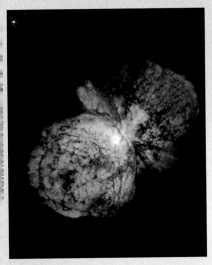

Au centre de ces deux lobes
géants se trouve une étoile
appelée Eta Carinae.
Elle est environ 100 fois
plus grosse que le Soleil.
La lumière met près
de 8 000 ans à voyager
de Eta Carinae à la Terre.

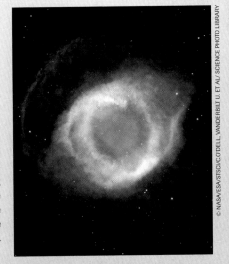

La nébuleuse Hélix
est une nébuleuse
planétaire, constituée
de coquilles de gaz
expulsées par une étoile
à la fin de sa vie. Il faut
environ 650 ans à la lumière
pour voyager de la Terre
à Hélix, la nébuleuse
de l'Hélice.

L'étoile au centre de cette nébuleuse planétaire (NGC 2440) est l'une des plus chaudes que l'on connaisse (200 000 °C à la surface). Comme elle atteint la fin de sa vie, elle se débarrasse de ses couches externes, ce qui crée des nuages de gaz. La lumière met environ 4 000 ans pour voyager entre NGC 2440 et la Terre.

En 1996, Hyakutake, la comète la plus brillante du XXe siècle, est passée à
15 millions de kilomètres de la Terre.

La comète de Halley
est visible depuis la Terre
tous les 76 ans environ.
Cette photo a été prise
en 1910.

La comète de Halley
en 1986.

Il y a peu de chance que la comète Swan côtoie à nouveau la Terre. Son trajet indique qu'elle dérivera très longtemps dans l'espace interstellaire, loin du Soleil, avant de rencontrer une autre étoile.

Le 12 janvier 2005, une sonde spatiale nommée *Deep Impact* a été lancée depuis Cap Canaveral, en Floride, aux États-Unis (droite). Elle contenait un « impacteur » (gauche), destiné à percuter la comète Tempel 1, afin de découvrir la composition des comètes. Comme ces corps célestes sont des reliques du Système solaire primaire, les informations recueillies nous permettront d'en savoir davantage sur la formation du Système solaire.

Photo de Tempel 1 prise par l'impacteur lorsqu'il s'approchait de sa cible à plus de 36 000 km/h. La collision a eu lieu le 4 juillet 2005.

1,67 seconde après que l'impacteur a heurté Tempel 1, la sonde *Deep Impact* a pris ce cliché de l'explosion survenue à sa surface.

La photo la plus grande et la plus détaillée de Saturne jamais prise. Remarquez les couleurs.

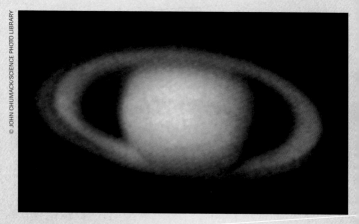

Vue de Saturne depuis la Terre grâce à un petit télescope portable.

Titan est la plus grande lune de Saturne, la seule lune connue du Système solaire à avoir une atmosphère épaisse (photo infrarouge).

Rhéa est la deuxième plus grande lune de Saturne par la taille. Elle ne semble pas active géologiquement.

Japet est la troisième plus grande lune de Saturne. La zone couverte de cratères qui domine sur l'image se nomme Cassini Regio.

Dioné est la quatrième plus grande lune de Saturne. Sa surface est essentiellement constituée de glace d'eau.

Téthys, la cinquième plus grande lune de Saturne, est elle aussi probablement composée de glace d'eau.

Voici un cliché ultraviolet, vert et infrarouge d'Encelade, la sixième plus grande lune de Saturne. La température à sa surface avoisine les −200°C, mais son sous-sol pourrait contenir de l'eau.

Jupiter est la plus grande planète du Système solaire. Le point noir sur la droite correspond à l'ombre d'une des lunes de Jupiter. La Grande Tache Rouge sur la gauche représente un tourbillon découvert il y a déjà plus de 300 ans.

Les plus grosses lunes de Jupiter. Io subit une activité volcanique intense. Europe cacherait un océan d'eau liquide de plus de 100 km de profondeur sous une couche de glace. Il existe des cratères anciens à la surface de Ganymède, et des traces d'érosion ont été détectées sur Callisto.

Coucher de soleil sur Mars, immortalisé par le robot *Spirit* le 19 mai 2005.

Mars. La zone orangée au centre correspond à une énorme tempête de poussière. Quant aux zones bleutées en haut, ce sont des nuages de glace d'eau.

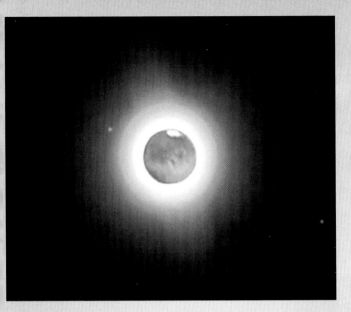

Mars et ses lunes.

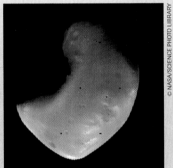

Les lunes martiennes sont trop petites pour être rondes. Voici Phobos, la plus grosse et la plus proche de Mars..

Et voici Déimos, la plus petite et la plus éloignée.

Panorama de Mars depuis le sommet de Husband Hill, crête des collines Columbia. Elles ont été baptisées ainsi en mémoire des astronautes décédés dans la navette *Columbia*. Ce cliché a été pris en août 2005 par le robot d'exploration *Spirit*.

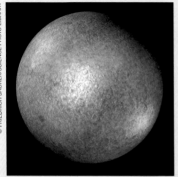

Image de synthèse de la planète naine Cérès, le plus gros objet de la ceinture d'astéroïdes. Aucun engin spatial n'a encore atteint une planète naine.

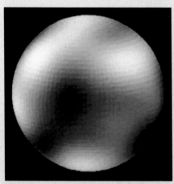

Image traitée par ordinateur de la planète naine Pluton, prise par le télescope spatial Hubble.

Image de synthèse de la planète naine Éris. Sur les trois planètes naines du Système solaire, Éris est la plus grande et la plus éloignée.

Vue de la galaxie d'Andromède, avec les vraies couleurs. Cette galaxie majeure est la plus proche de la nôtre et la plus grande en nombre d'étoiles qu'elle abrite. Comme la Voie lactée, Andromède est une galaxie spirale. Il faut 150 000 ans à la lumière pour traverser Andromède et 2,5 millions d'années pour atteindre la Terre.

© EUROPEAN SOUTHERN OBSERVATORY/SCIENCE PHOTO LIBRARY

Image traitée par ordinateur d'une éventuelle planète extrasolaire (en rouge), en orbite autour d'une boule très chaude, qui n'est pas assez grosse pour devenir une étoile (en blanc). Les scientifiques pensent que cette planète équivaut à 5 fois la masse de Jupiter. Il s'agit peut-être là du premier cliché jamais pris d'une exoplanète.

Image optique d'une galaxie elliptique géante nommée NGC 4261 (au centre). Au cœur de cette galaxie se trouve un trou noir supermassif : un demi-milliard de fois plus gros que notre Soleil.

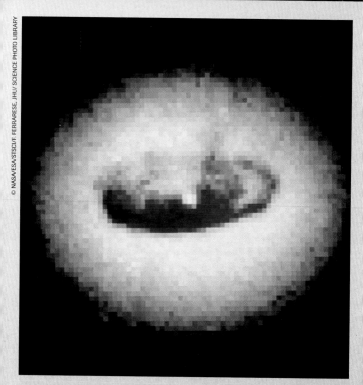

Le centre de NGC 4261 (voir page précédente). Autour du trou noir se trouve un disque de poussière sombre et noir, dont le diamètre mesurerait 800 années-lumière. Il y aurait un trou noir massif ou supermassif au cœur de la plupart des galaxies.

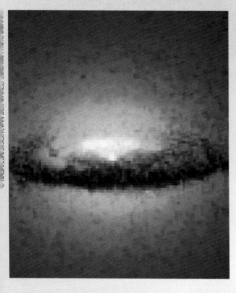

Cet anneau de poussière cache un trou noir massif au centre d'une autre galaxie nommée NGC 7052. Le point blanc lumineux (au centre) provient d'étoiles amassées autour du trou noir à cause de sa puissante force gravitationnelle.

Ce jet bleu proéminent s'élance du cœur d'une galaxie elliptique géante nommée M87. Ce jet est composé d'électrons et d'autres particules, qui sont éjectés par un trou noir supermassif situé au centre de cette galaxie.

Image de synthèse du Système solaire. *De gauche à droite :* une partie du Soleil ; les huit planètes : Mercure, Vénus, la Terre, Mars, Jupiter, Saturne, Uranus et Neptune ; et les trois planètes naines (encadrées en rouge de gauche à droite) : Cérès, Pluton et Éris. La distance à l'échelle entre les objets célestes n'est pas respectée, car l'on ne verrait rien d'autre que le Soleil. Toutefois, les tailles relatives sont correctes.

Image satellite de la Terre.

— Hé ! cria-t-il. Les gars, venez par ici !

À contrecœur, les trois autres le rejoignirent. Étrangement, Ringo paraissait assez content de lui. À sa gauche, dans son costume étriqué, limite sinistre, se tenait… le professeur Rex.

Chapitre 17

— Bonjour, les garçons, lança T-Rex.

Il les examina tour à tour dans leurs tenues d'Halloween, avec leurs masques à la main.

— Comme c'est gentil d'inclure votre pauvre vieux professeur dans vos joyeuses festivités !

— Nous ne savions pas…, protesta Machin, tandis que les deux autres étaient encore trop choqués pour parler. Nous n'aurions pas sonné si nous avions su que vous habitiez ici.

— Ne vous inquiétez pas ! s'exclama T-Rex qui éclata d'un rire forcé. J'aime voir les jeunes gens s'amuser !

Il secoua la main pour chasser le reste de fumée nauséabonde.

— J'ai peur que vous ne m'ayez interrompu au milieu de mes activités. Cela explique le brouillard.

— Berk ! Vous prépariez à manger ? s'enquit Crevette. Ça pue !

— Non, je ne cuisinais pas. Pas de la nourriture, en tout cas. Je faisais une expérience et il faut que j'y retourne. Je ne vous retiens pas plus longtemps. Je suis sûr que vous avez déjà prévu d'amuser d'autres personnes du quartier avec vos tours.

— Et notre…

Ringo ne finit pas sa phrase délibérément.

— Ah oui ! enchaîna le professeur. Et si vous m'attendiez tous les quatre sur le seuil pendant que je vais chercher quelque chose ? Je ne serai pas long.

Les garçons le suivirent jusqu'à la porte d'entrée, où ils patientèrent.

— Que se passe-t-il ? chuchota Crevette à l'oreille de Ringo.

— OK, les mecs, commença Ringo, l'air important. Approchez. T-Rex va nous charger d'une mission… contre de l'argent !

— Ah ouais ? Et laquelle ? demanda Tank.

— Hé, cool ! rétorqua Ringo. Trois fois rien. Il veut simplement que nous remettions une lettre à la maison du cinglé en tenue de cosmonaute.

— Et il nous paiera pour ça ? couina Machin. Pourquoi ?

— J'en sais rien, admit Ringo. Et je m'en fiche. Pour une fois qu'on peut gagner un peu de fric sans se fatiguer.

Ils attendirent. Les minutes s'écoulaient sans que T-Rex réapparaisse. Ringo jeta un œil par la porte.

— On entre, décida-t-il.

— Ça ne va pas ? s'égosilla la bande.

— Au contraire !

Les yeux de Ringo pétillaient de malice.

— Écoutez, au collège, on pourra dire à tout le monde qu'on est entrés chez T-Rex ! Voyons voir si on ne peut pas lui voler quelque chose. Venez !

Il entra à pas de loup, s'arrêta et, avec des gestes frénétiques, fit signe aux autres de le suivre. Un par un, ils passèrent le seuil.

Du hall partait un long couloir doté de plusieurs portes. Tout était couvert de poussière, comme si personne n'avait nettoyé depuis une centaine d'années.

— Par ici, ordonna Ringo qui pouffait de rire.

Il s'engagea dans le couloir et stoppa devant une porte.

— Je me demande ce que ce vieux fou dissimule là, derrière…

Il ouvrit.

— Voyons, voyons…

Un grand sourire illumina soudain son visage.

— Notre bon vieux professeur cache bien son jeu !

Les yeux écarquillés, les garçons s'agglutinèrent derrière lui pour contempler l'étrange spectacle qui s'offrait à eux.

— Waouh ! s'écria Machin. Qu'est-ce que c'est ?

Avant qu'il ne reçoive une réponse, le professeur Rex surgit dans le couloir.

— Je vous avais demandé d'attendre dehors, gronda-t-il de la voix la plus effrayante qui soit.

— Désolés, monsieur, désolés, monsieur…

— Vous ai-je invités chez moi ? Je ne pense pas. Peut-être pourriez-vous m'expliquer ce comportement inadmissible ? Ou vais-je être obligé de vous infliger des heures de colle pour avoir désobéi ?

— Monsieur, monsieur, intervint Ringo, nous attendions dehors mais nous étions intéressés par… cette expérience dont vous avez parlé tout à l'heure… on est juste entrés pour voir.

— Vraiment ? s'étonna T-Rex.

— Oui, monsieur ! s'enthousiasmèrent les garçons.

— J'ignorais que la science vous intéressait à ce point ! remarqua T-Rex, la mine un peu moins renfrognée.

— Nous adorons la science, monsieur ! lui assura Ringo avec ferveur. Tank aimerait devenir scientifique. Quand il sera grand.

Déconcerté, Tank arbora une expression qu'il croyait intelligente.

— Ah bon ? lança T-Rex, à présent revigoré. Mais c'est une merveilleuse nouvelle ! Accompagnez-moi dans mon laboratoire – je meurs d'envie de montrer mon travail à quelqu'un et vous me semblez parfaits, les garçons. Venez, venez ! Je vais tout vous raconter.

— Dans quelle galère tu nous as entraînés ? marmonna Crevette à l'oreille de Ringo, tandis qu'ils suivaient le professeur.

— La ferme, répliqua Ringo, les dents serrées. Tu préfères être collé ? Maintenant, prends un air moins bête, OK ? Je nous sors de là dès que je peux.

Chapitre 18

Le laboratoire du professeur Rex était divisé en deux parties bien distinctes. Dans l'une se déroulait une étrange expérience de chimie. De nombreux ballons de verre étaient reliés entre eux par des tubes de verre et raccordés à une sorte de volcan miniature. Pour la plupart, les émanations du volcan montaient dans le circuit, mais de temps à autre, quelques volutes s'échappaient. Des gaz se déversaient d'un ballon à l'autre avant de finir dans le plus gros au centre. Ce dernier contenait un nuage d'où jaillissaient parfois des étincelles.

— Qui veut poser la première question ? s'enquit T-Rex, heureux d'avoir un public.

Ringo soupira.

— Monsieur, c'est quoi ? demanda-t-il, le doigt pointé vers l'expérience en cours.

— Ah ah ! s'exclama T-Rex.

Un grand sourire aux lèvres, il se frotta les mains.

— Je suis sûr que vous vous souvenez de cette merveilleuse odeur d'œuf pourri qui vous a accueillis tout à l'heure. Savez-vous ce que c'est ?

— Des œufs pourris, répondit Tank, content de connaître la réponse.

— Imbécile, gronda T-Rex. Il va falloir te creuser le cerveau plus que cela si tu veux devenir scientifique. Réfléchis bien. Qu'est-ce que ça peut être ? La réponse est évidente.

Les garçons se dévisagèrent puis haussèrent les épaules.

— Aucune idée, marmonnèrent-ils.

ATMOSPHÈRE PRIMAIRE

L'atmosphère de la Terre n'a pas toujours été celle que nous connaissons aujourd'hui. Si nous devions remonter 3,5 milliards d'années en arrière (la Terre aurait alors 1 milliard d'années), nous ne pourrions pas respirer.

À ce jour, notre atmosphère est composée approximativement de 78 % d'azote, 21 % d'oxygène et 0,93 % d'argon. Les 0,07 % restant sont le dioxyde de carbone (0,04 %) et un mélange de néon, hélium, méthane, krypton et hydrogène.

Il y a 3,5 milliards d'années, l'atmosphère ne contenait pas d'oxygène. Elle était en partie composée d'azote, d'hydrogène, de gaz carbonique et de méthane, bien que la composition exacte ne soit pas connue. On sait cependant que d'immenses éruptions volcaniques survenaient à cette période, relâchant vapeur, gaz carbonique, ammoniac, dioxyde de soufre et sulfure d'hydrogène dans l'atmosphère. Le sulfure d'hydrogène sent l'œuf pourri et est toxique quand il est utilisé en grandes quantités.

— Mon Dieu ! soupira T-Rex. Les enfants de nos jours… ne savent vraiment rien de rien. Il s'agit de l'odeur de la Terre – il y a des milliards d'années de cela, quand il n'y avait pas de vie.

— Ah oui ? Et comment on aurait pu le savoir ? marmonna Crevette.

Le professeur Rex ne releva pas.

— Évidemment, ce n'est pas un vrai volcan, poursuivit-il en désignant le cratère qui crachait de la fumée.

— Évidemment, répéta Ringo dans un murmure. Comme si on ne l'avait pas remarqué.

— C'est juste une petite réaction chimique qui émet le même genre de fumée, s'emballa T-Rex qui n'avait apparemment pas entendu la réflexion insolente de Ringo. Je lui ai juste donné l'allure d'un volcan grâce à un peu de boue. J'aime assez.

Les fumées du volcan montaient dans un ballon de verre où elles se mêlaient à de la vapeur d'eau. Celle-ci provenait d'un autre ballon dans lequel de l'eau était chauffée par un réchaud. Une fois mélangées, fumée et vapeur formaient un petit nuage dans le gros ballon. À l'intérieur, le professeur Rex avait installé un système qui produisait des étincelles électriques.

Alors que le minivolcan envoyait des bouffées noires, un petit éclair transperça le nuage. Le professeur Rex tapota doucement le verre.

— Vous voyez, quand l'éclair frappe les nuages de gaz, il se produit d'étranges réactions. Les scientifiques ont découvert que ces dernières conduisent parfois à la formation des ingrédients de base nécessaires à la vie sur Terre. Ces ingrédients s'appellent des acides aminés.

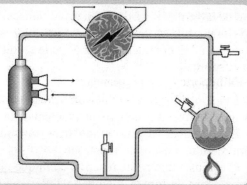

◊ En 1953, deux scientifiques américains, Stanley Miller et Harold Urey, effectuaient des recherches sur les origines de la vie sur Terre. Ils croyaient que les ingrédients nécessaires à la vie provenaient de phénomènes complètement naturels dans l'atmosphère primaire terrestre.

◊ À cette époque, dans les années 1950, les scientifiques avaient leur idée sur le genre de composés chimiques que contenait l'atmosphère primaire. Ils savaient aussi que les éclairs étaient fréquents. Miller et Urey ont donc effectué l'expérience suivante : ils ont soumis ces composés chimiques à des décharges électriques (pour imiter les éclairs). Chose étonnante, ils ont découvert qu'ils avaient créé des composés organiques spéciaux.

◊ Les composés organiques sont des molécules qui contiennent du carbone et de l'hydrogène. Certaines de ces molécules (comme celles que l'on appelle acides aminés) sont nécessaires à la vie. L'expérience d'Urey-Miller a produit des acides aminés et montré à la communauté scientifique qu'il était peut-être possible de créer la vie dans un laboratoire.

◊ Aujourd'hui, plus de cinquante ans après Miller et Urey, une telle création reste à achever et nous ignorons encore comment la vie est apparue sur Terre. Cependant, nous avons été capables de fabriquer, dans des circonstances particulières, qui imitent les conditions atmosphériques terrestres d'il y a très longtemps, davantage d'unités chimiques de base de la vie.

— Mais pourquoi ? demanda Crevette. À quoi cela vous sert ?

— J'essaie…

Une lueur sinistre passa sur le visage du professeur Rex.

— J'essaie de créer la VIE.

— N'importe quoi, grommela Ringo.

De son côté, Machin semblait plus intrigué que son chef.

— Monsieur ? dit-il pensivement. Il y en a déjà beaucoup autour de nous. Pourquoi en fabriquer plus ?

— Exact, la vie existe sur cette planète, expliqua T-Rex en lui lançant un regard approbateur. Mais sur une autre planète ? Là où la vie n'a pas encore émergé ? Que se passerait-il si nous nous y rendions et emmenions la vie avec nous ?

— C'est absurde ! intervint Ringo. Si on va sur une nouvelle planète, il n'y aura rien sur place et on s'ennuiera à mourir.

— Quel manque d'imagination ! Nous en serons les maîtres. Elle sera toute à nous.

— Une minute ! s'écria Crevette, l'air soupçonneux. Où se trouve cette planète ? Comment comptez-vous vous y rendre ?

— Enfin des questions pertinentes ! Venez voir par ici.

Le professeur Rex se dirigea vers le mur dans l'autre partie de la pièce où était placardé un grand poster représentant l'espace et les étoiles. Dans un coin, un cercle rouge entourait deux petits points blancs désignés par une nuée de flèches. Près du cercle rouge, un autre cercle était tracé en vert, mais celui-là semblait vide. À côté de la carte, se dressaient des tableaux blancs couverts de diagrammes et de gribouillages insensés. Carte des étoiles et griffonnages devaient être liés d'une manière ou d'une autre.

Le professeur Rex se racla la gorge pendant que les garçons se regroupaient autour de lui.

— Mes enfants, voici l'avenir !

Il tendit les bras vers les tableaux barbouillés.

— Notre avenir ! Je l'espère. Vous ne vous êtes jamais demandé ce que je faisais en dehors du collège, pas vrai ?

Le groupe secoua la tête. Non, en effet.

— Inutile de vous creuser les méninges. Moi, professeur Rex…

Il bomba le torse si bien qu'il toisait les garçons.

— … je suis expert en planètes. Toute ma vie, j'ai

EXOPLANÈTE

- Une exoplanète est une planète en orbite autour d'une autre étoile que le Soleil.
- Pour l'instant, plus de 240 exoplanètes ont été recensées dans l'espace – on en découvre de nouvelles tous les mois ! Cela semble peu comparé aux centaines de milliards d'étoiles dont nous connaissons l'existence dans la Voie lactée, mais ce petit nombre est en partie dû à la difficulté de les détecter. Une étoile est facile à repérer parce qu'elle est large et émet de la lumière, alors qu'une planète est bien plus petite et reflète uniquement la lumière de son étoile.
- La plupart des techniques utilisées pour détecter des exoplanètes sont indirectes : l'exoplanète n'est pas vue directement. Par exemple, une grosse exoplanète attirera son étoile *via* la gravité et la fera bouger quelque peu. Ce mouvement de l'étoile peut être détecté depuis la Terre. 169 exoplanètes ont été découvertes de cette manière et elles

travaillé sur ce sujet et essayé d'en découvrir de nouvelles.

— Et alors ? demanda Crevette.

— J'en ai trouvé beaucoup, répondit-il avec fierté.

— Mais on ne les connaît pas toutes ? Il y a Mars, Saturne, Jupiter…, intervint Crevette.

Les autres se poussèrent du coude.

— Eh, eh ! chuchota Tank. Le fayot…

— Non ! s'énerva Crevette. Ça m'intéresse, c'est tout.

— Ah, ah ! s'écria T-Rex. Tu as raison ! Nous connaissons toutes les planètes qui gravitent autour de l'étoile la plus proche de la Terre, une étoile que nous appelons le Soleil. Moi, j'en cherche d'autres ! Je cherche des planètes en orbite autour d'autres étoiles, des planètes très lointaines. Vous voyez… poursuivit-il, très content que sa classe – du moins une partie –

sont bien plus énormes que Jupiter, la plus grosse des planètes géantes de notre Système solaire.

● Le satellite *Corot* lancé en décembre 2006 est capable de détecter des microvariations dans l'intensité lumineuse d'une étoile. De tels changements surviennent quand une exoplanète (même petite) passe devant une étoile. La qualité des détecteurs dont est équipé *Corot* devrait permettre la découverte d'exoplanètes bien plus petites qu'avant, d'à peu près 2 fois la taille de la Terre.

● Nous n'avons encore jamais détecté d'exoplanète de la taille de la Terre.

Seules quatre exoplanètes ont été détectées par imagerie directe (en prenant des photos) pour l'instant. Elles aussi sont gigantesques.

l'écoute avec attention pour changer. Il n'est pas évident de trouver une planète. J'ai passé des années à recueillir des données à partir de télescopes et j'ai examiné des centaines de planètes dans l'espace. Malheureusement, la plupart de celles que nous avons découvertes pour l'instant sont trop proches de leurs soleils. Ils les réchauffent trop pour y installer la vie.

— Ça ne nous avance pas, en conclut Crevette, déçu.

Le professeur Rex désigna sa carte des étoiles.

— Attendez ! Je ne vous ai pas tout dit. Au fin fond de l'espace, il existe des choses fantastiques et extraordinaires, des choses dont l'homme se contentait de rêver jusqu'à présent. Mes enfants, l'heure du changement est venue ! Bientôt, les humains traverseront le cosmos et peupleront l'Univers tout entier. Imaginez un peu que nous soyons les premiers à découvrir une planète habitable !

— On se croirait dans un film à la télé, s'enthousiasma Machin. Tout les acteurs montent dans un vaisseau spatial et se rendent sur une nouvelle planète où ils se font dévorer par des petits hommes verts.

— Pas du tout ! s'emporta T-Rex. Apprenez à faire la différence entre la science-fiction et la vérité scientifique, nom d'un chien !

Il posa le doigt sur le cercle rouge dessiné dans le coin de la carte.

— La planète que j'ai découverte pourrait être la nouvelle planète Terre !

— Elle m'a l'air un peu loin, votre planète, fit remarquer Machin.

— En effet, mon garçon, en effet. Elle est extrêmement loin. Si loin que si j'avais une conversation téléphonique avec un de ses habitants, il faudrait attendre plusieurs années pour que ma question lui parvienne et qu'il me réponde.

— Vous leur avez téléphoné ? demandèrent les garçons en chœur.

— Non, non, non, tempêta T-Rex. C'est une supposition. Vous ne comprenez donc rien ?

— Bon, il y a quelqu'un là-bas, oui ou non ? insista Machin qui dansait d'un pied sur l'autre, tellement il était excité.

— Difficile à dire, répondit T-Rex. Il faut que j'aille y jeter un coup d'œil.

— Comment allez-vous vous y prendre ? s'enquit Ringo qui s'intéressait malgré lui à la conversation.

Le regard du professeur Rex se perdit dans le vide.

— Toute ma vie, j'ai essayé de me rendre dans l'espace. Un jour, j'y suis presque parvenu, mais quelqu'un m'en a empêché et je n'ai jamais pu lui pardonner. Il s'agit de la plus grande déception de mon existence. Depuis, je cherche un moyen. Aujourd'hui, j'ai enfin une nouvelle chance. C'est là que vous intervenez, les garçons.

Le professeur Rex sortit une lettre de sa poche.

— Il s'agit de la lettre dont je t'ai parlé dans l'allée, Ringo. Elle est pour l'ami de Georges. Il s'appelle Éric. Déposez-la dans sa boîte et assurez-vous de ne pas être vus.

Il tendit la lettre à Ringo.

— Qu'est-ce qu'elle contient ? demanda ce dernier.

— Des informations, répondit T-Rex. L'information, c'est le pouvoir, mes garçons. Souvenez-vous-en !

Face à sa carte des étoiles, ses mains brûlées désignant le cercle rouge, il ajouta :

— Le contenu de ma lettre indique l'emplacement de cette fabuleuse planète Terre numéro deux.

Crevette ouvrit la bouche pour parler mais T-Rex l'en empêcha.

— Portez-la *ce soir*, ordonna-t-il, de manière à couper court à toute question supplémentaire. Il est temps que vous partiez, conclut-il en les poussant dans le couloir.

— Et l'argent ? s'exclama Ringo. Quand aurons-nous notre argent ?

— Venez me voir lundi au collège. Si vous avez remis la lettre à son destinataire, je vous paierai grassement. Allez, fichez le camp !

Chapitre 19

À midi le lundi suivant, Georges, tranquillement assis dans la cantine du collège, s'occupait de son déjeuner. Il ouvrit son panier-repas, avec l'espoir d'y découvrir des paquets de chips colorés, des barres chocolatées, du soda comme ses camarades. À la place, il trouva un sandwich aux épinards, un œuf dur, des muffins aux brocolis et un jus de pomme préparé par sa mère. Il mordit dans son sandwich et soupira. Si seulement ses parents pouvaient comprendre que lui aussi voulait sauver la planète, mais à sa façon. Tant mieux si leur mode de vie alternatif leur convenait. Après tout, ils ne fréquentaient que des amis qui leur ressemblaient. Eux n'étaient pas obligés de se rendre tous les jours au collège, de subir les moqueries de tyrans comme Ringo et sa bande, parce qu'il portait de drôles de vêtements, mangeait différemment, ignorait le programme télé de la veille. Chaque fois qu'il essayait de l'expliquer à son père, il obtenait une seule et unique réponse : « Si nous voulons sauver la Terre, Georges, nous devons tous y mettre du nôtre. »

Georges comprenait bien, seulement il était injuste, voire inutile, que sa participation implique d'être la risée du collège et de ne pas posséder d'ordinateur à la maison. En vain, il vantait à ses parents l'utilité d'un tel outil.

— Mais, papa, avait-il remarqué, toi aussi tu pourrais t'en servir ! Pour ton travail, par exemple. Tu pourrais chercher des informations sur Internet, organiser tes manifestations par e-mail. Je pourrais t'installer des programmes et te montrer comment ils fonctionnent.

Le regard empli d'espoir, Georges avait observé son père et lu dans ses yeux une lueur d'intérêt qui s'était vite éteinte.

— Je ne veux plus que nous en parlions, Georges. Nous n'achèterons pas d'ordinateur. Le débat est clos.

Voilà pourquoi il appréciait tant Éric, se dit Georges qui essaya d'avaler son morceau de sandwich vert. Éric avait écouté ses questions, lui avait donné les réponses appropriées, des réponses que Georges comprenait. Oserait-il se rendre chez lui dans la soirée ? Il avait tellement de choses à lui demander.

Peu avant midi, il avait rassemblé tout son courage et s'était inscrit au concours de sciences. Sous « Sujet », il avait écrit : *Mon étonnant rocher de l'espace*. Un super titre, même si Georges doutait que son exposé soit bon. Devant le tableau d'inscription, il avait sorti sa pierre porte-bonheur de sa poche et constaté avec horreur qu'elle tombait en poussière. Ce petit morceau du Système solaire, qu'il avait ramassé près de Saturne, était devenu son amulette. La compétition se tenait le lendemain – Georges avait eu la permission d'y participer à la dernière minute, parce que peu d'élèves de son école s'étaient portés volontaires. Le principal avait été enchanté de lire son nom sur la liste.

Il avait surgi alors que Georges était en train de remplir le formulaire.

— Bel esprit d'initiative, Georges ! Nous allons leur montrer, pas vrai ?

Il jubilait.

— On ne peut pas laisser Manor Park remporter tous les trophées de la région, hein, Georges ?

Manor Park, le collège privé du coin, raflait tous les prix, gagnait toutes les rencontres sportives avec une régularité accablante.

— Oui, monsieur, avait répondu Georges qui avait tenté de fourrer sa pierre dans sa poche, mais avait été surpris par l'œil de lynx du principal.

— Mon Dieu, une poignée de poussière !

Il s'était emparé d'une corbeille à papiers.

— Jette ça là-dedans, mon garçon. Tu ne peux pas aller déjeuner les poches remplies de saletés.

Comme Georges ne bougeait pas, le principal s'était impatienté et lui avait secoué la poubelle sous le nez.

— J'étais comme toi, à ton âge…, avait-il affirmé.

Georges en doutait… Cet homme n'avait jamais été jeune, il portait un costume à sa naissance et commentait déjà avec enthousiasme les tournois de football des poussins.

— … les poches pleines de bêtises. Vide-les et file à la cantine.

À contrecœur, Georges avait déposé son trésor le plus

précieux – du moins ses vestiges gris et émiettés – dans la corbeille. Il s'était promis de revenir plus tard et de sauver ce qu'il pourrait.

Tout en mâchonnant son sandwich, Georges pensait à Éric, à l'espace, au concours du lendemain… Soudain, une main passa par-dessus son épaule et déroba un biscuit dans sa boîte.

— Hum ! s'exclama une voix dans son dos. Eh ! Regardez tous ! Les fameux cookies de Georges !

Il y eut un craquement quand Ringo mordit à pleines dents dans le biscuit puis un bruit de crachement.

Georges n'eut pas besoin de se retourner pour savoir que tous les élèves de la cantine ricanaient, les yeux braqués sur lui.

— Berk ! Dégueu ! continua Ringo qui faisait semblant de vomir. Voyons si le reste est aussi bon !

Sa main s'approcha à nouveau du panier-repas. Georges frisait la crise de nerfs. Au moment où la grosse paluche de Ringo s'enfonçait dans la boîte en bois artisanale, il rabattit le couvercle sur ses doigts.

— Aïe ! beugla Ringo. Aïe, aïe, aïe !

Georges rouvrit sa boîte afin que Ringo enlève sa main.

— C'est quoi, ce boucan ? intervint le professeur chargé de surveiller la cantine. Vous ne pouvez donc rien faire sans vous disputer ?

— Monsieur, professeur Rex, monsieur ! geignit Ringo qui berçait sa main blessée. Je demandais à Georges ce qu'il mangeait quand il m'a attaqué, monsieur, je vous jure. À votre place, monsieur, je le collerais jusqu'à la fin du trimestre. Il m'a cassé la main, monsieur…

Ringo sourit au professeur Rex qui se contenta de le toiser.

— Très bien, Richard. Va montrer ta main à l'infirmerie et viens me voir après dans mon bureau. Je m'occupe de Georges.

Il pointa du doigt la porte et Ringo s'éloigna d'un pas traînant mais le visage radieux.

Un silence de plomb s'abattit sur la cantine, le temps que la sanction de Georges tombe. Toutefois, les élèves en furent pour leurs frais : au lieu de l'incendier, le professeur Rex s'assit à côté de lui sur le banc.

— Continuez ! ordonna-t-il en agitant sa main rouge dans les airs. Finissez votre repas ! La cloche va bientôt sonner.

Au bout de deux secondes, le brouhaha habituel reprit. Chacun se détourna de Georges et poursuivit sa conversation.

— Dis-moi, Georges… commença T-Rex sur un ton mielleux.

— Oui, professeur Rex ? demanda Georges, nerveux.

— Comment vas-tu ? continua-t-il, comme si la réponse l'intéressait vraiment.

— Euh… bien, répondit Georges, pris au dépourvu.

— Et chez toi ?

— Mes parents… vont… bien. Merci.

Georges priait pour que T-Rex n'enchaîne pas sur Cosmos.

— Et ton voisin ? demanda-t-il, l'air de rien. L'as-tu

vu récemment ? Il est chez lui en ce moment ? Ou peut-être est-il parti…

Georges se creusa la tête pour trouver la réponse que T-Rex espérait afin de dire exactement le contraire.

— Les gens de ta rue se demandent peut-être où il est allé ? poursuivit T-Rex qui lui donnait franchement la chair de poule à présent. Comme s'il avait disparu en un claquement de doigts. Hop ! Plus personne ! Aucune idée où il peut bien être. C'est cela, pas vrai ?

Le regard empli d'espoir, T-Rex fixa un Georges désormais convaincu que ce type ne tournait pas rond.

— Comme si…

Le professeur Rex dessina une forme dans les airs avec sa main.

— … comme s'il s'était envolé dans l'espace pour ne plus jamais revenir. Hum ? Qu'en penses-tu, Georges ? Dirais-tu que cela s'est passé ainsi ?

Mourant d'envie d'entendre qu'Éric s'était « évaporé dans les airs », l'enseignant observa Georges un long moment.

— En fait, affirma Georges, je l'ai vu ce matin.

Ce qui était faux, mais au fond de lui, il savait qu'il lui fallait absolument mentir.

— Les sales morveux ! marmonna T-Rex qui se leva soudain. J'aurais dû m'en douter !

Il partit sans prendre la peine de dire au revoir.

Georges ferma son panier-repas et décida de retourner au tableau d'affichage afin de récupérer sa roche au fond de la corbeille à papiers. Tandis qu'il se précipitait dans le couloir, il passa devant le bureau du professeur.

Des voix s'élevèrent si bien qu'il s'arrêta pour écouter à la porte une seconde.

— Je vous avais demandé de déposer ce mot ! tonitrua la voix familière de l'enseignant.

— Nous l'avons fait, monsieur ! gémit un garçon.

Ringo ?

— Impossible, insista T-Rex, impossible !

Georges serait bien resté plus longtemps, mais la cloche sonna et il fallait absolument qu'il récupère son trésor de l'espace avant que les cours de l'après-midi ne commencent. Arrivé sur place, il fut choqué de constater que la corbeille avait été vidée. Un sac en plastique propre en tapissait l'intérieur. Adieu, minilune de Saturne…

Chapitre 20

Il pleuvait des cordes quand Georges rentra chez lui en fin d'après-midi. De grosses gouttes glacées dégringolaient du ciel gris foncé ; les voitures qui roulaient dans les flaques projetaient d'immenses vagues d'eau sale sur le trottoir. Le temps que Georges atteigne sa rue, il grelottait de froid. Il passa le portail d'Éric et hésita un moment sur le perron. Il mourait d'envie de sonner et de demander au scientifique de relire son exposé, mais il avait peur qu'Éric ne soit encore fâché et ne le renvoie chez lui. Sonner ou ne pas sonner ? Là était la question. Le ciel s'assombrissait de plus en plus. Soudain, un grand coup de tonnerre retentit. Alors que la pluie tombait de plus belle, Georges se décida. Il était important qu'il discute de son exposé avec Éric, mais aussi du professeur Rex. Il prit son courage à deux mains et appuya sur la sonnette.

Dring ! Dring ! Il attendit quelques secondes. Personne. Alors qu'il hésitait à sonner une nouvelle fois, la porte s'ouvrit en grand et la tête d'Éric surgit.

— Georges ! s'écria-t-il, enchanté. C'est toi ! Entre donc !

Il tendit son long bras et entraîna Georges à l'intérieur puis il claqua la porte derrière lui. Médusé, Georges se figea dans le vestibule, son manteau trempé dégoulinant sur le plancher.

— Je suis désolé, bafouilla-t-il.

— Pourquoi ? s'étonna Éric. Qu'as-tu fait ?

— Pour Annie… la comète… Cosmos, lui rappela Georges.

— Ah ça ! J'avais oublié. Mais maintenant que tu en parles, sache qu'il ne faut pas t'inquiéter. Annie m'a dit que c'était son idée et non la tienne. Elle t'a obligé à la suivre dans l'espace. Je suppose que c'est la vérité ?

Il regarda Georges par-dessus ses verres épais ; ses yeux pétillaient.

— Euh… oui… en fait… euh… oui, bredouilla Georges, soulagé.

— Je dois donc m'excuser auprès de toi d'avoir tiré une conclusion trop hâtive. Au lieu d'examiner toutes les preuves, j'ai été victime de mes préjugés et j'ai choisi la mauvaise solution.

N'ayant rien compris, Georges se contenta de hocher la tête. Il entendit soudain des voix dans le salon.

— Vous avez une fête ?

— Euh, oui, en quelque sorte, répondit Éric. Une fête de scientifiques que nous préférons appeler « conférence ». Pourquoi ne viendrais-tu pas écouter ? Cela pourrait t'intéresser ! Nous parlons de Mars. Annie aurait aimé être parmi nous, mais elle est encore chez sa grand-mère. Tu pourras lui raconter si tu restes.

— Oh oui ! S'il vous plaît ! s'exclama Georges qui oublia et son exposé et ses soupçons quant au professeur Rex.

Pendant qu'il ôtait son manteau trempé et suivait Éric dans le salon, il entendit une voix de femme :

— ... c'est la raison pour laquelle mes collègues et moi recommandons un examen minutieux de notre voisinage proche. Qui sait ce que nous finirons par trouver sous sa surface rouge ?

Éric et Georges entrèrent sur la pointe des pieds dans la pièce qui avait une tout autre apparence ce jour-là – les livres étaient rangés avec soin sur les étagères, les photos de l'Univers encadrées et accrochées aux murs, les combinaisons spatiales soigneusement pliées sur un fauteuil. Au milieu était assis en rang un groupe hétéroclite de scientifiques venus, semblait-il, des quatre coins de la planète. L'index sur les lèvres pour signaler à Georges de ne pas faire de bruit, Éric lui désigna une chaise.

Devant l'assemblée, se tenait une grande et belle femme rousse, dont l'épaisse tresse était si longue qu'elle lui descendait jusqu'aux fesses. Ses yeux verts brillaient quand elle souriait. Au-dessus d'elle, la fenêtre de Cosmos montrait une planète rouge. La jeune scientifique poursuivit son exposé.

— La vie, si elle a existé sur Mars il y a très longtemps, n'attend pas que nous la trouvions à sa surface. N'oublions jamais que des tempêtes de sable altèrent régulièrement l'aspect de la planète et enfouissent sous des couches et des couches de poussières inorganiques le passé de notre voisine rouge.

Pendant ce temps, on voyait, par la fenêtre de Cosmos, une immense tempête de sable balayer la planète.

Éric se pencha à l'oreille de Georges :

— Selon ma collègue, si la vie a existé un jour sur Mars, cela n'est plus visible en surface aujourd'hui. Mais elle pense sérieusement qu'il y a eu de la vie sur Mars à une certaine époque. Il lui arrive de déclarer qu'il y en a encore. Ce serait la découverte la plus fascinante de tous les temps. Nous ne pouvons pas en dire plus pour l'instant. Nous devons nous rendre nous-mêmes sur cette magnifique planète rouge pour le savoir.

Georges s'apprêtait à lui demander à quoi Mars devait sa couleur rouge, quand il se rendit compte que la femme avait terminé.

— Avez-vous des questions avant que nous ne fassions une pause ? demanda-t-elle à son public. Après une tasse de thé et quelques biscuits, nous discuterons de notre dernier sujet. Le meilleur pour la fin, comme on dit.

Déçu d'avoir loupé presque tout son exposé, Georges leva la main.

De leur côté, les autres scientifiques marmonnaient : « Ah ! Une collation ! Pas trop tôt ! »

— Très bien, je crois que nous avons bien mérité ce petit break, lança Éric qui n'avait pas remarqué la main levée de Georges.

Les savants se précipitèrent vers la table basse dans

un coin de la pièce, pressés de dévorer les tartelettes aux fruits avant les autres.

La scientifique, elle, s'était aperçue que Georges agitait le bras.

— Chers collègues, clama-t-elle, les yeux rivés sur Georges, on dirait que nous avons une question par ici. Et elle vient de notre nouvel ami.

Tous se retournèrent pour dévisager l'inconnu. Voyant son âge, ils sourirent et regagnèrent lentement leur siège, avec leurs tasses et leurs gâteaux.

— Qu'aimerais-tu savoir ? demanda la femme.

— Euh… S'il vous plaît… si cela ne vous dérange pas… bredouilla Georges, soudain intimidé.

Il se demandait si sa question n'était pas stupide et si tout le monde n'allait pas lui rire au nez. Il inspira profondément.

— Pourquoi Mars est-elle rouge ?

— Bonne question ! déclara l'un des scientifiques en soufflant sur son thé.

Georges poussa un soupir de soulagement. Le professeur Crzkzak, l'oratrice dont personne ne parvenait jamais à prononcer le nom, hocha la tête et commença de répondre.

— Si tu te promènes sur les collines et les montagnes de la Terre, tu vois parfois des zones rouges sur le sol où ne pousse aucune plante. Tel est le cas dans le Grand Canyon aux États-Unis, par exemple. Le sol est teinté de rouge parce qu'il contient du fer qui a rouillé. Quand le fer s'oxyde, il devient rouge. Mars est donc rouge à cause de l'oxyde de fer, pardon, de la rouille présente à sa surface.

— Mars est en fer ?

— Pas tout à fait. Depuis que nous y envoyons des robots, nous savons qu'une fine couche de poudre

MARS

 Mars est la quatrième planète en partant du Soleil.

Distance moyenne au Soleil : 227,9 millions de kilomètres.
Diamètre à l'équateur : 6 805 kilomètres.
Surface : 0,284 fois celle de la Terre.
Volume : 0,151 fois celui de la Terre.
Masse : 0,107 fois celle de la Terre.
Gravité à l'équateur : 37,6 % de la gravité de la Terre à son équateur.

Mars est une planète rocheuse au noyau en fer. Entre son noyau et sa croûte rouge se trouve une couche épaisse de roche. Mars a également une très mince atmosphère composée principalement de dioxyde de carbone (95,3 %) que nous ne pouvons pas respirer. La température moyenne sur Mars est très froide : environ – 60 °C.

Les plus grands volcans du Système solaire se trouvent sur Mars.

Le plus haut d'entre tous se nomme mont Olympus qui culmine à 24 kilomètres. Sa base circulaire mesure 648 kilomètres de large. Sur Terre, le plus grand volcan se trouve sur l'île d'Hawaii. Le Mauna Loa atteint une altitude de 4 170 mètres au-dessus du niveau de la mer – si on le mesure dès sa base au fond de l'océan, il culmine à 17 000 mètres.

rouillée lui donne sa couleur. Il semblerait que, sous cette couche, sa surface soit similaire à celle de la Terre – sans eau, bien entendu.

Puisque Mars a une atmosphère, on peut parler de météorologie martienne. Elle ressemble beaucoup au temps qu'il ferait sur une Terre très froide recouverte par le désert. D'ailleurs, les tempêtes de sable sont fréquentes, et d'énormes orages cycloniques aux nuages chargés d'eau congelée mesurant cinq fois la taille de la France ont été observés.

○ On pense que Mars a connu un jour une température suffisante pour que de l'eau liquide s'écoule à sa surface et creuse les canaux actuellement visibles. Aujourd'hui, la seule confirmation que nous ayons sur la présence d'eau se trouve dans les calottes polaires où la glace est mélangée à du dioxyde de carbone solide.

○ En décembre 2006, des scientifiques confrontés à des photos de rigoles nouvellement formées à la surface de Mars ont suggéré une éventualité surprenante : de l'eau liquide est peut-être encore présente sur Mars, mais profondément enfouie sous sa surface.

Mars possède deux petites lunes : Phobos et Déimos.

— Il n'y a pas d'eau sur Mars ?

— Si, mais à notre connaissance, cette eau n'est pas liquide. Sur Mars, il fait bien trop chaud durant la journée – l'eau se transforme en vapeur et se perd. Les seuls endroits où l'eau subsiste sont ceux où les températures restent froides nuit et jour, si bien que l'eau demeure gelée. C'est ce qu'il se passe aux pôles. Au pôle nord de Mars, nous avons découvert de grandes quantités d'eau glacée, la même que nous avons sur Terre, où de grands réservoirs de glace subsistent aux pôles, dans l'Arctique et l'Antarctique. Ai-je répondu à ta question ?

— Oui, merci !

Georges réfléchissait à une autre question quand Éric se leva pour aller se planter à côté de la scientifique.

— Merci, professeur Crzkzak, pour votre intéressant exposé sur Mars.

La femme s'inclina puis regagna son siège.

— Chers amis et collègues, continua Éric, avant que nous ne passions au sujet le plus important du jour, qui est aussi le dernier, laissez-moi vous remercier de m'avoir honoré de votre présence. Certains d'entre vous viennent de l'autre bout du globe, mais je sais que le débat d'aujourd'hui valait la peine de faire le voyage. Inutile donc que je vous rappelle à quel point il est important que l'existence de Cosmos reste un secret bien gardé.

L'assistance acquiesça d'un signe de tête.

— Et maintenant, abordons la question fondamentale que se posent tous ceux que la science intéresse. Nous savons comment elle peut être utilisée à mauvais escient et c'est pour cette raison que nous avons tous prononcé le Serment du Scientifique, afin que la science serve uniquement le bien de l'humanité. Aujourd'hui, nous sommes face à un dilemme. Comme vous l'avez entendu à la télévision et constaté durant la manifestation écologiste de samedi, de plus en plus de personnes se préoccupent de l'état de la planète. À présent, ma question est la suivante : Devons-nous chercher en priorité des moyens d'améliorer la vie sur Terre et faire face à ses problèmes ? Ou devons-nous essayer de trouver une autre planète où habitera l'humanité ?

L'air grave, aucun scientifique de la pièce ne prit la parole mais écrivit sa réponse sur un petit bout de feuille. Ensuite, Éric ramassa les papiers pliés dans un chapeau. Au total, en comptant Éric et l'oratrice, huit savants avaient voté. Éric déplia les papiers un à un.

— La Terre. La Terre. Une autre planète. Une autre planète. Une autre planète. La Terre. La Terre. Une autre planète… Bien, remarqua Éric. Match nul, on dirait.

Le professeur Crzkzak leva la main.

— Puis-je faire une suggestion ?

Tous hochèrent la tête.

— Georges, dit-elle en s'adressant directement au garçon, nous manquons certainement de recul, parce que nous sommes tous des spécialistes dans notre domaine. Tu pourrais donc nous confier ton point de vue.

Tous les regards étaient braqués sur lui. Georges rougit jusqu'aux oreilles et se tut pendant quelques secondes.

— Dis-nous franchement ce que tu penses, insista le professeur Crzkzak.

Tout en se tordant les doigts, Georges pensa à ses

parents et aux militants écologistes. Puis il songea à l'excitation de voyager dans l'espace pour trouver une planète d'accueil. Finalement, quatre petits mots sortirent malgré lui de sa bouche :

— Pourquoi pas les deux ?

Chapitre 21

— Georges, tu as absolument raison, déclara Éric, tandis qu'ils saluaient les scientifiques qui quittaient la conférence.

Ils retournèrent tous les deux dans le salon rempli de papiers de bonbons, de tasses de thé à moitié bues, de vieux stylos et d'avions en papier.

— Nous devons à la fois sauvegarder cette planète et en chercher une nouvelle. Nous ne sommes pas obligés de choisir.

— Vous pensez y arriver ? demanda Georges. Vos amis et vous réussirez à faire les deux ?

— Oh ! je crois que oui. Peut-être devrions-nous inviter tes parents à la prochaine conférence ? Tu sais, Georges, j'ai écouté le discours de ton père sur les dérèglements climatiques pendant la manifestation de l'autre jour. Peut-être a-t-il de bonnes idées dont nous pourrions nous servir ?

— Non, non, pas question ! paniqua Georges.

Son père n'apprécierait certainement pas Éric et ses amis scientifiques.

— Je ne pense pas que cela lui plaira.

— Il pourrait te surprendre. Nous devons travailler main dans la main si nous voulons sauver la planète.

Éric commença à nettoyer la pagaille laissée par ses collègues. Ces derniers semblaient avoir oublié un nombre impressionnant d'affaires – vestes, chapeaux, pulls et même une chaussure.

— C'était très gentil de ta part de venir t'excuser, ajouta Éric, les bras chargés d'habits.

— Eh bien, en fait, admit Georges, je ne suis pas vraiment venu pour cela.

Éric se débarrassa des vêtements dans un coin et lui lança un regard étonné.

— Je me suis inscrit à un concours de sciences qui… ressemble un peu à votre conférence, sauf que les élèves remplacent les adultes. Et puis, il y a un ordinateur à gagner. J'ai essayé d'écrire un texte, mais j'ai très peur d'avoir fait de grosses erreurs et d'être ridicule.

— En effet, Annie m'en a parlé. Et j'ai là quelque chose qui t'aidera peut-être. C'est drôle, j'ai eu une idée après votre escapade en comète. J'ai décidé d'écrire un livre sur l'Univers pour Annie et toi – voici mes premières notes. Elles pourraient t'aider à préparer ton exposé ?

Il ramassa une assiette de biscuits.

— Tu en veux un ? De la nourriture pour le cerveau.

Georges rafla le tout.

— Qu'en penses-tu ? s'enquit Éric, pensif. Tu m'aides à ranger le salon, car Annie a été stricte sur ce point : je ne dois pas mettre la maison sens dessus dessous en son absence. Ensuite, nous discutons de ton projet et je relis les notes que j'ai préparées pour Annie et toi. Tope là ?

— Marché conclu ! s'exclama Georges, aux anges. Par quoi je commence ?

— Euh… par balayer, ça te dit ? marmonna Éric qui s'adossa à une pile branlante de chaises et les renversa.

Le fracas fut épouvantable.

Georges éclata de rire.

— Tu comprends pourquoi j'ai besoin d'aide ? bredouilla Éric dont les yeux brillaient de joie. Pendant que je redresse les chaises, tu peux enlever la boue par terre, dis ?

Le tapis était couvert d'empreintes de pas. Aucun invité ne s'était essuyé les pieds sur le paillasson de l'entrée.

— Pas de problème !

Georges fourra le dernier biscuit dans sa bouche et courut dans la cuisine où il trouva une pelle et une brosse. Il retourna dans le salon et se mit à nettoyer le plus gros. Il s'apprêtait à jeter un bout de papier qui était accroché à la brosse quand il s'aperçut qu'il s'agissait d'une lettre adressée à Éric. L'écriture lui disait quelque chose…

— Éric, regardez ! Quelqu'un a dû la faire tomber de sa poche.

Éric déplia la lettre pendant que Georges continuait à frotter. Soudain, il entendit un grand cri et leva les yeux.

— Eurêka ! hurla Éric, le visage radieux.

— Que se passe-t-il ? s'enquit Georges.

— Je viens de lire l'information la plus fantastique qui soit ! Si cela est correct…

Il examina à nouveau le papier qu'il tenait à cinq centimètres de ses verres épais et marmonna un chapelet de chiffres.

— Éric ? insista Georges.

— Une minute.

Il semblait effectuer des calculs mentaux compliqués. Il compta sur ses doigts, fit la grimace, se gratta la tête.

— Oui ! s'exclama-t-il. Oui !

Il fourra le papier dans sa poche, souleva Georges et le fit tournoyer.

— Georges, j'ai enfin la réponse ! Je pense que je sais !

Le lâchant aussi vite qu'il l'avait soulevé, Éric s'approcha de Cosmos et tapa sur son clavier.

— Vous savez quoi ? demanda Georges, dont la tête tournait.

— Nom d'une étoile filante ! C'est stupéfiant !

Pris de frénésie, Éric pianotait sur le clavier. Un puissant trait de lumière jaillit de l'écran ; Georges comprit tout de suite que Cosmos fabriquait une porte.

— Que faites-vous ? l'interrogea-t-il.

Éric essayait d'enfiler une tenue de cosmonaute, mais il était tellement pressé qu'il mit les deux pieds dans la même jambe et tomba à la renverse. Georges l'aida à se relever puis à s'habiller.

— Tellement excitant ! lança Éric, une fois harnaché.

— Mais quoi ?

Georges commençait un peu à s'inquiéter.

— La lettre, Georges, la lettre. On y est peut-être !
Nos recherches ont peut-être abouti !

— Qui l'a écrite ? demanda Georges qui avait un
mauvais pressentiment.

— Je n'en sais rien, admit Éric. Ce n'est pas vraiment
indiqué.

— Alors vous ne devriez pas vous précipiter !

— Sottises, Georges ! Je suis sûr qu'elle a été rédi-
gée par un des participants de la conférence, afin que je
vérifie les informations à l'aide de Cosmos. Il voulait
savoir s'il avait vu juste avant de l'annoncer à la communauté scientifique.

— Pourquoi ne pas vous l'avoir demandé directement ? Pourquoi avoir écrit une lettre ? insista Georges.

— Parce que, parce que, répliqua Éric, un peu
ennuyé. Il avait probablement une bonne raison sur
laquelle je me pencherai dès mon retour.

Des kilomètres de chiffres s'alignaient à présent sur
l'écran de Cosmos.

— Qu'est-ce que c'est ? voulut savoir Georges.

— Les coordonnées de mon voyage, expliqua Éric.

— Vous partez maintenant ? Et mon exposé ?

Éric se figea.

— Oh ! Georges, je suis désolé, s'exclama-t-il. Il faut
vraiment que j'y aille. Cela ne peut pas attendre. Ton
exposé sera très bien, crois-moi. Tu verras…

— Mais…

— Il n'y a pas de « mais », Georges !

Éric enfila son casque et s'adressa à lui avec sa drôle
de voix de l'espace.

— Merci beaucoup d'avoir trouvé cette lettre ! Elle

m'a apporté un indice vital ! Je dois y aller maintenant !
Au… re… voir…

En un bond, Éric traversa le portail et disparut dans
l'espace avant que Georges n'ait eu le temps d'ajouter
un mot. La porte claqua derrière lui et le garçon se
retrouva seul dans le salon.

Chapitre 22

Une fois que la porte de l'espace se fut refermée avec fracas, un silence de mort s'abattit sur la maison. Il fut interrompu par un petit air de musique. Aussitôt, Georges se retourna pour voir qui fredonnait et s'aperçut que Cosmos chantait tout en assimilant les milliers de chiffres qui défilaient sur l'écran.

— La la la, chantonnait-il.

— Cosmos ?

Contrarié par le départ précipité d'Éric, Georges n'était pas d'humeur à siffloter gaiement.

— Tum ti tum tum, lui répondit l'ordinateur.

— Cosmos, répéta Georges. Où est allé Éric ?

— Tra la la la, continua Cosmos, accaparé par sa ribambelle de nombres.

— Cosmos !

Le ton de Georges se fit plus pressant.

— Arrête de chanter ! Où est allé Éric ?

L'ordinateur s'interrompit au milieu d'un « bi di bi da ».

— Il est parti chercher une nouvelle planète, répliqua-t-il, assez surpris. Je suis désolé que tu n'apprécies pas ma musique. J'aime bien chanter quand je travaille. Pom pom pom pom…

— Cosmos ! cria Georges. Où est-il ?

— Eh bien, c'est difficile à dire.

— Comment cela ? s'étonna Georges. Je croyais que tu savais tout sur tout.

— Non, malheureusement. J'ignore ce que l'on ne m'a pas montré.

— Tu veux dire qu'Éric est perdu ?

— Non, pas perdu. Il explore de nouveaux endroits pour moi. Je le suis et j'établis la carte de l'Univers.

— D'accord, soupira Georges, soulagé qu'Éric ne soit pas perdu. Bien, je suppose qu'il est parti voir un endroit très spécial pour se dépêcher comme ça…

— Non, non, le coupa Cosmos. Juste une partie inexplorée de l'Univers. Une journée de travail normale, quoi.

Georges ne comprenait plus. Dans ce cas, pourquoi se précipiter de la sorte ? Il pensait qu'Éric était son ami, et que contrairement aux autres adultes, il lui indiquerait où il allait et pourquoi. Mais non, il était parti sans explication.

Pendant une seconde, Georges envisagea d'enfiler une combinaison, de demander à Cosmos d'ouvrir un portail et de rejoindre Éric. Puis il se souvint à quel point le père d'Annie avait été furieux après leur escapade dans l'espace, sans sa permission. Triste, Georges se dit qu'il fallait qu'il rentre chez lui maintenant. Peut-être Éric n'était-il pas son ami, après tout, mais un adulte comme les autres qui se moquait que Georges comprenne ou non... Il prit son manteau mouillé, son cartable et ouvrit la porte. Au loin, Cosmos fredonnait encore sa petite mélodie.

Georges sortait sur le perron quand la mémoire lui revint soudain. Deux raisons l'avaient conduit chez Éric et il n'en avait mentionné qu'une : le concours de sciences. Dans l'excitation, il avait oublié de mettre Éric en garde contre le professeur Rex et de lui répéter ses questions bizarres.

« La lettre ! » se rappela Georges. C'était T-Rex ! Il l'avait surpris en train de demander à Ringo s'il avait déposé une lettre. « Ce doit être celle qu'Éric a reçue ! Et T-Rex qui me demande si Éric a disparu ! » Georges fit demi-tour et retourna dans le salon en courant, laissant la porte grande ouverte derrière lui.

Dans son coin, Cosmos travaillait toujours. Sur le bureau, Georges aperçut la missive qu'Éric avait lue avec tant de joie, et il reconnut l'écriture. Tandis qu'il la parcourait, ses mains tremblaient d'angoisse.

Cher Éric,

J'ai cru comprendre que votre longue quête n'était pas terminée.

Laissez-moi attirer votre attention sur une planète très particulière que j'ai découverte par hasard. Elle mesure à peu près la taille de la Terre et se situe à environ la même distance de son étoile que la Terre du Soleil. D'après ce que j'en sais, elle correspond en tout point aux critères requis pour accueillir des humains. Je suis presque sûr qu'elle possède une atmosphère semblable à la nôtre.

N'étant pas en position de vérifier une telle informa-tion, j'ai hâte de savoir ce que vous en penserez. Veuillez donc trouver ci-après les coordonnées de cette planète ou, du moins, un moyen de l'atteindre.

Scientifiquement vôtre,

T. R.

Georges ne connaissait que trop bien ce T. R. Son écri-ture se trouvait sur tous ses bulletins scolaires qui disaient en général des choses comme : « Georges n'ira pas loin s'il n'apprend pas à écouter en classe et s'il continue de rêvasser. » Aucun doute que le professeur Rex en était l'auteur.

« Et T-Rex sait que Cosmos existe ! Ce doit être un piège ! » s'affola Georges.

— Cosmos !

Son cri interrompit l'ordinateur qui fredonnait à pré-sent *Au clair de la Lune.*

— Envoie-moi vers Éric, vite ! Peux-tu le trouver ?

— Je peux essayer, répliqua Cosmos.

Une succession d'images apparut sur l'écran. La pre-mière ressemblait à une étoile de mer dont les longs bras s'enroulaient en spirale. Au-dessus était écrit : NOTRE GALAXIE, LA VOIE LACTÉE.

— Notre galaxie, la Voie lactée, est composée d'en-viron deux cent milliards d'étoiles, commença Cosmos. Notre étoile, le Soleil, n'est que l'une d'entre elles…

Chapitre 23

— Non ! s'égosilla Georges. Pas un autre cours ! Je n'ai pas le temps. Il y a urgence, Cosmos.

La photo de la Voie lactée s'enfonça à toute allure à l'intérieur de la spirale, comme si Cosmos était vexé par le manque d'intérêt de Georges. Celui-ci comprit que la spirale était constituée d'un nombre infini d'étoiles. L'image les longea jusqu'à ce qu'elle atteigne un endroit qui ne comportait plus rien du tout. La photo s'arrêta. L'écran parut soudain coupé en deux. La moitié inférieure était remplie d'étoiles et l'autre complètement vide, mis à part un trait fin qui s'approchait du bord supérieur de l'écran. La partie vide semblait correspondre à une zone inconnue de l'Univers, zone que le trait fin grignotait au fur et à mesure qu'il progressait.

Une flèche en mouvement pourvue d'une étiquette était dirigée vers l'extrémité supérieure du trait. L'écriture était si petite que Georges avait du mal à lire.

— Qu'est-ce que ça dit ? demanda-t-il à Cosmos.

Celui-ci ne répondit pas, mais l'étiquette grossit et Georges distingua le mot ÉRIC.

— Il est là ! Ouvre-moi un portail ! Près de cette flèche ! ordonna Georges qui appuya sur la touche ENTRÉE du clavier.

— Georges est un membre de l'ordre. Accès autorisé, combinaison spatiale exigée, déclara Cosmos d'une voix mécanique, comme chaque fois qu'il obéissait à un commandement.

Georges fouilla dans la pile de combinaisons sans trouver celle qu'il avait revêtue la dernière fois. Les vieilles tenues d'Éric étaient si grandes qu'il finit par prendre à regret la rose d'Annie. Il devait avoir l'air ridicule dans ce costume à paillettes étriqué, mais peu importait : il ne croiserait qu'Éric dans l'espace ! Dès qu'il se fut habillé de la tête aux pieds, Cosmos dessina une porte.

Georges l'ouvrit aussitôt. Cramponné au chambranle, les pieds solidement ancrés dans le salon, il se pencha en avant pour jeter un petit coup d'œil. Cette zone ressemblait comme deux gouttes d'eau à celle qu'il avait explorée, mais cette fois-ci, il ne vit aucune planète aux alentours. Elle différait aussi de l'image sur l'écran de Cosmos – elle n'était absolument pas coupée en deux. Des étoiles brillaient de toutes parts. Quant à Éric, aucune trace de lui.

— Éric ! cria Georges. Éric, vous m'entendez ?

Pas de réponse.

Peut-être se trouvait-il au mauvais endroit ?

Georges se retourna vers Cosmos – la flèche ÉRIC n'avait pas bougé. Tout près, une nouvelle flèche clignotait, indiquant GEORGES. Ce qu'il voyait par le portail, comprit-il alors, n'apparaissait pas encore sur l'écran de Cosmos. Celui-ci devait traiter les informations avant de les afficher.

Georges se pencha à nouveau dans l'espace, en faisant attention de ne pas tomber.

— Éric ? Êtes-vous là ? Vous m'entendez ? hurlat-il.

— Qui m'appelle ? répondit une petite voix dans le transmetteur incorporé au casque de Georges.

— Éric, où êtes-vous ? Vous voyez la porte ?

— Eh ! Salut, Georges ! Oui, je te vois. Arrête de crier, tu me fais mal aux oreilles. Je viens droit sur toi par la gauche.

Georges regarda à sa gauche et vit un minuscule astéroïde qui voyageait tranquillement dans l'espace. Assis dessus, Éric tenait dans chaque main une corde qu'il avait attachée à des pitons plantés dans la roche. Il semblait très détendu.

— Que fais-tu ? demanda-t-il.

— Revenez ! s'écria Georges qui devait se montrer pressant tout en ne hurlant pas. C'est T-Rex qui vous a envoyé cette lettre ! Par ma faute… Je lui ai parlé de Cosmos.

— Georges, répliqua Éric avec fermeté. Je travaille ! Nous en reparlerons plus tard, tu veux ? Tu avais interdiction de parler de Cosmos à qui que ce soit. Ferme le portail, Georges et rentre chez toi.

— Mais vous ne comprenez pas ? T-Rex est un homme horrible ! Je le connais, c'est mon professeur. Il a dû vous tendre un piège ! Revenez tout de suite. Je vous en prie ! Ce matin, il m'a demandé si vous aviez disparu.

— Ça suffit, maintenant. Et arrête tes bêtises. Regarde autour de toi : il n'y a rien de dangereux, s'impatienta Éric. Allez, rentre et oublie Cosmos. Je regrette presque de te l'avoir montré, tu sais ?

Georges examina le rocher d'Éric. Dans quelques secondes, il serait assez près pour pouvoir sauter dessus. Il recula de deux ou trois pas dans la bibliothèque, fit une pause puis courut jusqu'à la porte et sauta aussi loin que ses jambes le lui permettaient.

— Nom d'une planète ! entendit-il dans son casque. Georges ! Prends ma main !

Chapitre 24

Alors que Georges flottait dans l'espace, il parvint à attraper la main d'Éric. Ce dernier le hissa sur l'astéroïde et l'assit à côté de lui. Derrière eux, le portail se volatilisa.

— Georges, tu es fou ! Si je ne t'avais pas intercepté, tu aurais été perdu à jamais dans l'Univers, tempêta Éric.

— Mais…

— Silence, je te renvoie sur Terre. Maintenant.

— Non ! Écoutez-moi ! C'est très important.

— Georges ?

Éric remarqua soudain les trémolos dans sa voix.

— Que se passe-t-il ?

— Vous devez repartir avec moi, bafouilla Georges. Je suis vraiment vraiment désolé, tout est ma faute, j'ai parlé de Cosmos au collège, au professeur Rex et il vous a envoyé cette lettre à propos de la planète.

Georges enchaîna avant qu'Éric ne prenne la parole :

— Et ce matin, il m'a demandé si vous aviez disparu.

C'est vrai, je le jure ! C'est un piège, Éric. Il vous en veut.

— T-Rex… Rex… Ah, je vois. La lettre vient donc de Tiburce. Il m'a retrouvé.

— Tiburce Rex ? répéta Georges, stupéfait.

— Oui, Tiburce Rex. Nous, on l'appelait Grincheux.

— Vous le connaissez ?

Sous son casque spatial, Georges n'en revenait pas.

— Oui. Il y a très longtemps, nous travaillions ensemble. Mais nous nous sommes disputés, ce qui a conduit à un accident épouvantable. Rex a été grièvement brûlé et ensuite il a continué seul. Pour finir, nous l'avons exclu de l'ordre par méfiance. Qui sait de quoi il est capable ? Sais-tu ce que cette lettre contenait ?

— Oui, répondit Georges, se souvenant qu'Éric était parti sans dire au revoir. Elle mentionnait juste une autre planète.

— Juste une autre planète ? Allons, Georges, tu plaisantes ! La planète dont parlait Tiburce pourrait accueillir des hommes ! Je cherche un tel endroit depuis des années et la voilà !

Le doigt pointé sur deux petits points devant lui – l'un, gros et lumineux, l'autre, petit et moins brillant –, Éric ajouta :

— La voilà ! Le gros point lumineux là-bas, c'est une étoile et le plus petit, la planète vers laquelle nous nous rendons. Elle ne brille pas toute seule, elle se contente de réfléchir la lumière de son étoile, comme la Lune reflète la lumière du Soleil la nuit.

— Mais ce n'est pas le genre de T-Rex, objecta Georges qui ne comprenait pas pourquoi Cosmos et Éric passaient en mode conférence dès qu'il y avait danger. Il ne vous aurait jamais donné les coordonnées d'une planète par gentillesse ! Ça sent le piège à plein nez.

— Allons, allons, Georges. Tu sais que je peux demander à Cosmos d'ouvrir un portail pour te renvoyer à la maison quand je le veux. Nous sommes en sécurité. Il est vrai que ton professeur et moi avons eu des différends autrefois, mais je pense qu'il a décidé de passer l'éponge et de se joindre à nous dans nos efforts d'explorer et de comprendre l'Univers. Et puis, j'ai installé de nouvelles sur nos casques. Nous pouvons communiquer avec Cosmos, même si elles sont endommagées.

— Pourquoi ne pas avoir demandé à Cosmos de vous envoyer directement sur place ? Oui, c'est cela, retournons dans le salon et demandons-lui de…

— Ah, ah ! s'exclama Éric. Impossible. Cosmos ignore ce qui nous attend et mon travail consiste à aller où les ordinateurs ne peuvent pas aller. Une fois que j'ai exploré une nouvelle zone, je peux commander à Cosmos de m'y reconduire, c'est ainsi que tu m'as trouvé. Le premier voyage, je dois l'effectuer seul.

— Êtes-vous sûr d'être en sécurité ?

— Absolument.

Georges et Éric se turent quelques instants. Le garçon commençait à se sentir un peu mieux. Il cessa même de penser à T-Rex et prit le temps d'observer les alentours. Obnubilé par le sauvetage d'Éric, il en avait oublié qu'il voyageait à bord d'un astéroïde !

Pour être honnête envers Éric, un grand calme régnait autour d'eux. La vue était dégagée dans toutes les directions ; l'étoile et sa planète grossissaient au fur et à mesure que leur rocher s'en approchait.

Soudain, l'astéroïde dévia de sa trajectoire. De la même manière que la comète avait changé de direction aux abords des planètes géantes et de la Terre, leur rocher changeait de cap. Seulement cette fois-ci, aucune planète ne pointait le bout de son nez. L'astéroïde prenait la direction opposée, loin de la planète qu'Éric désirait tant visiter.

— Que se passe-t-il ? s'étonna Georges.

— Je n'en suis pas sûr, répliqua Éric. Regarde autour de toi et dis-moi si tu vois une zone sans étoiles ! Cosmos, s'il te plaît, ouvre un portail, au cas où.

Cosmos ne dut pas entendre sa requête car aucun portail ne surgit.

Encerclés par les étoiles, Georges et Éric découvrirent une zone sur la droite qui n'en contenait pas une seule. Ce morceau de ciel grossissait à vue d'œil.

— Là ! s'exclama Georges, le doigt pointé sur la zone obscure.

Les étoiles autour se déplaçaient d'une étrange manière, comme si cet endroit déformait l'espace.

— Oh non ! cria Éric. Cosmos, le portail ! Ouvre-le... Vite !

Aucun portail n'apparut.

— Qu'est-ce que c'est ? demanda Georges, mort de peur.

La zone sombre couvrait à présent plus de la moitié de l'espace.

— Cosmos ! cria Éric à tue-tête.

— J'e-s-s-a-i-e…, répondit Cosmos d'une voix affaiblie, mais rien ne se passa.

Georges crut s'évanouir. Devant eux, la zone sombre devenait énorme. L'espace les entourant se gondolait ; des taches noires surgirent de droite et de gauche. Georges ne distinguait plus le haut du bas, la droite de la gauche. Mais il était sûr d'une chose : la tache sombre enflait de tous côtés, comme si elle comptait les avaler.

— Cosmos ! Dépêche-toi ! rugit Éric.

Une porte floue commença à se dessiner devant eux. Éric prit Georges par la ceinture de sa combinaison et le lança dans sa direction. Pendant qu'il volait au travers du portail, il vit Éric tenter de le rejoindre. Il criait quelque chose, mais sa voix déformée empêcha Georges de comprendre quoi que ce soit.

Juste avant d'atterrir sur le parquet du salon, avant que le portail ne se referme et que la vue de l'espace ne disparaisse, Georges vit la tache sombre engloutir Éric. Et là, il comprit.

— Trouve le livre de Fred, avait crié Éric. Trouve mon livre sur les trous noirs !

Chapitre 25

Georges tomba lourdement sur le sol. Cette fois-ci, le voyage du retour l'avait lessivé et il dut s'allonger sur le parquet quelques secondes pour reprendre son souffle. Lorsqu'il se releva tant bien que mal, il pria pour qu'Éric dégringole par la porte derrière lui. Il n'aperçut que les contours du portail, de plus en plus flous et courbes, qui s'évaporaient dans les airs.

— Éric ! s'époumona-t-il en vain.

Une seconde plus tard, la porte disparut complètement.

— Cosmos ! cria Georges en ôtant son casque. Vite, Cosmos, nous devons...

Au moment où il se tournait pour faire face au super-ordinateur, il eut le choc de sa vie. À l'endroit où aurait dû se trouver Cosmos, il ne vit qu'un enchevêtrement de fils colorés et un espace vide. Les yeux écarquillés, Georges constata que la porte du salon était entrebâillée. Il courut dans le couloir et découvrit la porte d'entrée grande ouverte. Un vent froid s'engouffrait à l'intérieur de la maison. Sans prendre le temps d'enlever sa combinaison, il se précipita dans la rue où il distingua la silhouette de quatre garçons qui s'enfuyaient. L'un d'eux portait un énorme sac à dos d'où dépassaient quelques fils. Vêtu de sa lourde tenue de cosmonaute, Georges se lança à leur poursuite. Tandis qu'il trébuchait derrière eux, il perçut des bribes de conversation.

— Hé, fais gaffe ! *(Ringo.)*

— Bip bip ! *(Le sac.)* Acte illégal ! Commande non autorisée !

— Il va la fermer ? *(Tank portant le sac à dos.)* Comment il peut parler sans être branché, hein ?

— Au secours ! Au secours ! *(Le sac à la voix mécanique.)* On m'a kidnappé ! Je suis l'ordinateur le plus puissant du monde ! Vous ne pouvez pas me faire ça ! Alerte ! Alerte !

— Il n'aura bientôt plus de batterie. *(Crevette.)*

— Ramenez-moi, brigands ! *(La voix.)* Toutes ces secousses sont très mauvaises pour mes circuits.

— Je ne le porte pas plus loin. *(Tank s'arrêtant.)*

Georges pila aussitôt.

— OK. *(Ringo, sur un ton menaçant.)* Donne-le-moi. Bon, sale ordinateur, tu vas te taire ou je te démonte petit bout par petit bout, jusqu'à ce qu'il ne reste plus de toi qu'un gros tas de composants électroniques !

— Yierk… *(L'ordinateur.)*

— Tu piges ? *(Ringo.)*

— Bien sûr que je pige. *(L'ordinateur, sur un ton méprisant.)* Je m'appelle Cosmos, l'ordinateur le plus puissant qui existe, et je suis programmé pour comprendre des concepts tellement complexes que vos petites têtes exploseraient si vous deviez…

— J'ai dit… *(Ringo, ouvrant le sac et hurlant à l'intérieur.)* La ferme ! Tu ne connais pas ce concept, abruti ?

— Je suis un ordinateur pacifique. *(Cosmos, à voix basse.)* Je ne suis pas habitué aux menaces et à la violence.

— Alors, tiens-toi tranquille et nous ne te menacerons plus.

— Où m'emmenez-vous ?

— Dans ta nouvelle maison. Allez, les gars, on se casse.

Et la bande de Ringo reprit sa course.

Georges boitilla derrière eux aussi vite qu'il le pouvait mais il fut incapable de les rattraper. Au bout de quelques minutes, il les perdit dans la nuit. Inutile de continuer – à cause du brouillard, il ne pouvait dire quelle direction ils avaient prise. Néanmoins, il aurait mis sa main à couper qu'il connaissait l'identité de l'homme qui avait demandé à Ringo et à sa bande de pénétrer par effraction chez Éric et de voler Cosmos. Grâce à cette information, il pourrait retrouver l'ordinateur sans difficulté.

Alors que Ringo et sa bande couraient dans l'obscurité, Georges fit demi-tour et regagna la maison d'Éric. Il se rendit directement dans le salon. Éric lui avait demandé de chercher un livre, mais lequel ? Les étagères en étaient remplies du sol au plafond ! Georges sélectionna un gros tome dont il lut la couverture. *Gravitation quantique euclidienne.* Il le feuilleta, essaya de lire quelques lignes : *Comme le temps retardé tend vers l'infini à l'horizon du trou noir, les surfaces de phase constante de la solution s'empilent près de l'horizon...*

C'était sans espoir. Georges ne comprenait pas un mot de ce charabia. Il en ouvrit un autre, intitulé *Théories unifiées des cordes*, choisit une ligne : *Pour un champ invariant conforme, des équations particulières affirment que...*

La lecture de ces quelques mots lui donna mal à la tête. Pour finir, il décida qu'il n'avait pas mis la main sur le bon volume et continua de fouiller le salon. « Trouve le livre de Fred, l'avait supplié Éric. Trouve mon livre sur les trous noirs ! » Debout au milieu de la pièce, Georges se creusa la cervelle. Sans Cosmos, Éric ni Annie, cette maison paraissait extrêmement vide. Le seul lien qui lui restait avec eux se résumait à une combinaison spatiale rose, des fils enchevêtrés et des étagères remplies d'ouvrages scientifiques.

Soudain, ses amis lui manquèrent tant que sa poitrine se serra. S'il demeurait les bras croisés, se dit-il, jamais il ne les reverrait. Cosmos avait été volé, Éric se battait avec un trou noir et Annie ne voudrait certainement plus lui adresser la parole si elle découvrait que Georges était en partie responsable du sort funeste de son père. Il fallait trouver une solution.

Il se concentra au maximum, repensa à Éric, l'imagina le livre à la main, essaya de visualiser la couverture pour mieux se souvenir du titre. Où avait-il bien pu le ranger ? Soudain, il sut !

Il courut dans la cuisine et regarda à côté de la théière. Gagné ! Maculé de cercles bruns, vestiges des tasses de thé posées sur sa couverture, le livre intitulé *Trous noirs* attendait Georges. À sa grande surprise, il s'aperçut que l'ouvrage récemment publié avait été écrit par Éric en personne ! Un autocollant sûrement apposé par Annie indiquait : *Le livre préféré de Fred le cochon*. Un petit dessin représentant Fred accompagnait ces mots.

« Enfin ! pensa Georges. Ce doit être le livre qu'Éric était tellement content de trouver quand Fred a envahi la maison. Oui, c'est celui-là. »

Il ne lui restait plus qu'à prendre un autre livre – assez gros, avec des centaines et des centaines de pages – à côté du téléphone. Il ôta la combinaison rose d'Annie et après avoir fourré les deux ouvrages dans son cartable, il retourna chez lui au pas de course. Cette fois-ci, il ferma soigneusement la porte derrière lui.

Ce soir-là, Georges ingurgita son repas à toute vitesse, prétendit qu'il avait beaucoup de devoirs en retard et se rua dans sa chambre. Tout d'abord, il sortit le très gros livre de son sac. *Annuaire*, disait la couverture. Comme ses parents ne possédaient pas le téléphone, Georges se doutait qu'ils n'avaient pas non plus l'annuaire, d'où son emprunt. Il chercha la lettre « R » dans la liste alphabétique, suivit avec son index la longue colonne de noms et trouva : REX, Pr T., 42 Forest Street. Georges connaissait bien cette rue à la sortie de la ville. Elle conduisait à la forêt où ses parents l'emmenaient à l'automne cueillir des champignons et des mûres. « Trop tard pour s'y rendre ce soir », pensa-t-il. Ses parents ne le laisseraient jamais sortir à cette heure. Avant tout, il devait parcourir le livre sur les trous noirs. Dès le lendemain matin, sur le chemin du collège, il irait jeter un coup d'œil à la maison de T-Rex et espérait que, d'ici là, il aurait un plan.

Il posa l'annuaire puis sortit le livre d'Éric de son cartable. Il pria très fort pour qu'il contienne les informations nécessaires au sauvetage d'Éric. Chaque fois qu'il pensait à son voisin – toutes les trois minutes environ –, il culpabilisait. Il l'imaginait seul et effrayé dans l'espace, ne sachant comment revenir sur Terre, tandis qu'un trou noir essayait de l'engloutir dans l'obscurité de son ventre.

Georges ouvrit le livre et lut les premiers mots : *Nous sommes tous dans le caniveau, mais certains d'entre nous regardent les étoiles*. Il s'agissait d'une citation d'Oscar Wilde, le célèbre écrivain irlandais. Georges se dit qu'il aurait pu l'écrire pour lui – il se trouvait bel et bien dans le caniveau et certaines personnes de son entourage regardaient les étoiles. Il poursuivit sa lecture, cette première phrase fut la seule qu'il comprit. La suivante disait : *En 1916, Karl Schwarzschild découvrit le premier la solution exacte des équations de la relativité d'Einstein…*

Aarrrggghhh ! grogna Georges. Encore un livre en chinois. Pourquoi Éric lui avait-il demandé de chercher celui-ci en particulier ? Il ne comprenait plus rien. Et Éric l'avait écrit ? Pourtant, quand celui-ci lui parlait de science, il utilisait des expressions si simples, si faciles à comprendre… Les larmes lui montaient aux yeux. Il les avait trahis : Cosmos, Annie et Éric. Allongé sur son lit, le livre entre les mains, il pleurait à chaudes larmes lorsqu'on on frappa à sa porte. Sa maman entra.

188

— Georges… Comme tu es pâle, mon cœur. Tu couves quelque chose ?

— Non, maman. J'ai simplement beaucoup de mal à faire mes devoirs.

— Cela ne m'étonne pas !

Elle prit le livre sur les trous noirs qui lui avait échappé des mains et avait glissé par terre. Elle le feuilleta.

— Voilà un texte très difficile destiné aux grands chercheurs ! Crois-moi, je vais écrire au principal et lui dire que tout cela est ridicule.

Tout à coup, une poignée de pages glissa du livre.

— Pardon ! s'exclama la maman de Georges. J'ai fait tomber tes notes.

— Ce ne sont pas…

« …les miennes », s'apprêtait à répondre Georges. Il se tut quand il lut en haut de l'une d'elles : *Mon livre compliqué simplifié pour Annie et Georges*.

— Merci, maman.

Et vite, il lui ôta les feuilles des mains.

— Je crois que tu as trouvé les éléments qui me manquaient. Je suis sur la bonne voie maintenant.

— Tu en es sûr ? l'interrogea sa mère, plus que surprise.

— Oui, oui ! Maman, tu es mon étoile. Merci.

— Ton étoile ?

Elle lui sourit.

— Oh ! Comme c'est gentil, Georges !

— Sérieux, insista Georges.

Éric ne lui avait-il pas dit qu'ils étaient tous les enfants des étoiles ?

— Ne travaille pas trop tard, ma petite étoile.

Elle embrassa sur le front Georges qui souriait à son tour puis, une fois rassurée, elle descendit mettre à cuire un cake aux lentilles.

Dès qu'elle fut sortie de sa chambre, Georges sauta de son lit et rassembla les feuilles qu'Éric avait cachées à la fin de son livre. Numérotées de I à XX, elles étaient couvertes d'une écriture en pattes de mouche et de gribouillages. Georges commença sa lecture.

Chapitre 26

*Mon livre compliqué simplifié pour Annie et Georges
– troisième version.*

CE QU'IL FAUT SAVOIR SUR LES TROUS NOIRS.

Section 1. Qu'est-ce qu'un trou noir ?
Section 2. Comment se forme un trou noir ?
Section 3. Peut-on voir un trou noir ?
Section 4. Tomber dans un trou noir.
Section 5. Sortir d'un trou noir.

Section 1
Qu'est-ce qu'un trou noir ?

Un trou noir est une zone où la gravité est si forte qu'il aspire toute lumière essayant de s'en échapper. Comme rien ne peut voyager plus vite que la lumière, tout objet passant à proximité est englouti à son tour. Par conséquent, on peut tomber dans un trou noir et ne jamais en ressortir. Les scientifiques ont longtemps considéré les trous noirs comme des prisons ultimes d'où rien ne réchappait. Tomber dans un trou noir équivaut à tomber du haut des chutes du Niagara : il est impossible de faire demi-tour.

Le bord d'un trou noir se nomme l'« horizon ». Imaginons que tu te trouves à la limite d'une chute d'eau, tu peux regagner la rive si tu pagaies assez vite, mais une fois la limite passée, il est trop tard.

Plus les objets tombent dans le trou noir, plus il grossit et plus l'horizon s'éloigne. C'est comme nourrir un cochon. Plus tu lui donnes à manger, plus il engraisse.

Section 2

Comment se forme un trou noir ?

Pour fabriquer un trou noir, il faut entasser une très grande quantité de matière dans un très petit espace. Ensuite, la gravitation sera si forte que la lumière absorbée sera incapable de s'échapper.

Les trous noirs se forment quand les étoiles ont brûlé toute leur énergie et explosent telles des bombes H géantes, appelées supernovae. L'explosion transforme les couches externes de l'étoile en un grand amas de gaz en expansion. En parallèle, les régions internes se contractent. Si l'étoile mesure plusieurs fois la masse de notre Soleil, un trou noir se crée.

Des trous noirs beaucoup plus gros apparaissent au cœur des galaxies. Ces zones contiennent des trous noirs, des étoiles à neutrons ainsi que des étoiles ordinaires. Une collision entre un trou noir et d'autres objets augmente la taille du trou noir qui avale tout ce qui passe à sa portée. Notre galaxie, la Voie lactée, possède en son centre un trou noir d'une masse plusieurs millions de fois supérieure à celle de notre Soleil.

Section 3
Peut-on voir un trou noir ?

La réponse est non, parce qu'aucune lumière ne ressort d'un trou noir. Cela revient à regarder un chat noir dans une cave obscure. Cependant, on peut détecter un trou noir grâce à l'attraction qu'il exerce sur son environnement. Lorsque nous voyons des étoiles en orbite autour d'un objet invisible – il ne peut s'agir que d'un trou noir.

Nous observons également des disques de gaz et de poussière en rotation autour d'un objet central invisible – à nouveau, il ne peut s'agir que d'un trou noir.

Section 4
Tomber dans un trou noir.

On peut tomber dans un trou noir comme on peut tomber dans le Soleil. Si tu chutes les pieds en premier, ils seront plus près du trou noir que ta tête, si bien qu'ils seront attirés plus vite par la gravité du trou noir. Tu finiras écartelé dans le sens de la longueur puis pulvérisé.

Plus le trou noir est immense, moins l'écartèlement et la pulvérisation sont violents. Si tu tombes dans un trou noir fabriqué par une étoile à peine plus grosse que notre Soleil, tu seras désarticulé puis étiré comme un spaghetti avant même d'avoir atteint son horizon.

Dernier cas de figure, si tu tombes dans un gigantesque

Quand des étoiles bien plus massives que le Soleil ont épuisé tout leur carburant, elles libèrent habituellement leurs couches extérieures lors d'une explosion géante appelée «supernova». Une telle explosion est tellement lumineuse et puissante qu'elle surpasse la lumière de milliards et de milliards d'étoiles réunies.

 Parfois, tout n'est pas expulsé lors d'une telle explosion. Il arrive que le cœur de l'étoile subsiste sous forme de boule. Après l'explosion de la supernova, les résidus sont très chauds : environ 100 000 °C, mais il n'y a plus de réaction nucléaire pour les maintenir à cette température.

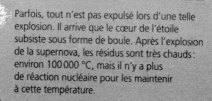 D'autres résidus ont, eux, une masse si importante que, sous l'influence de la gravité, ils s'effondrent sur eux-mêmes jusqu'à ne plus avoir qu'une vingtaine de kilomètres de diamètre. Pour que cela arrive, il faut à ces résidus une masse d'environ 1,4 à 2,1 fois celle du Soleil.

La pression est si intense que l'intérieur de ces boules devient liquide. Une couche solide d'environ 1,6 kilomètre entoure ce liquide composé de particules que l'on trouve en général au cœur des atomes – les neutrons –, d'où leur nom d'étoiles à neutrons.

Ces étoiles sont principalement constituées de neutrons, même si elles sont aussi composées d'autres particules. L'élaboration d'un tel liquide sur Terre est au-delà de nos compétences technologiques actuelles.

Des étoiles comme le Soleil n'explosent pas pour devenir des supernovae mais des géantes rouges, dont les vestiges ne sont pas assez importants pour rétrécir à cause de la gravité. Ces résidus s'appellent des naines blanches. Elles refroidissent pendant plusieurs milliards d'années jusqu'à ne plus être chaudes du tout.

De nombreuses étoiles à neutrons ont été observées par nos télescopes modernes.
Comme le noyau de ces étoiles est composé des éléments les plus lourds fabriqués à l'intérieur d'une étoile (comme le fer), les naines blanches peuvent être assez petites (environ la taille de la Terre) et très lourdes (la masse du Soleil environ).

Les résidus d'étoiles dont la masse est 1,4 fois inférieure à celle du Soleil deviennent des naines blanches. Les résidus dont la masse est supérieure 2,1 fois à celle du Soleil ne cessent de s'effondrer sur eux-mêmes et deviennent des trous noirs.

trou noir, tu passes l'horizon (le bord du trou noir mais aussi le point de non-retour) sans rien remarquer de particulier. Un observateur extérieur ne te verra pas traverser l'horizon, parce que la gravitation dilate le temps et l'espace à proximité du trou noir. Tu donneras l'impression de ralentir à l'approche de l'horizon et de t'effacer progressivement. En effet, la lumière que l'on émet met très longtemps à s'éloigner du trou noir. Si l'on traverse l'horizon à 11 heures, l'observateur extérieur verra les aiguilles ralentir et ne jamais atteindre 11 heures.

Section 5
Sortir d'un trou noir.

Les gens sont persuadés que rien ne peut sortir d'un trou noir. Après tout, c'est pour cela qu'il porte ce nom... On croyait qu'un objet tombé dans un trou noir était perdu à jamais et que les trous noirs dureraient jusqu'à la fin des temps. Il s'agissait de prisons éternelles desquelles il était impossible de s'enfuir.

Puis on a découvert que cela n'était pas totalement vrai. De légères fluctuations spatio-temporelles nous ont appris que les trous noirs étaient loin d'être des pièges parfaits. Non, ils libèrent lentement des particules. Ce phénomène porte le nom de « radiation de Hawking ». Plus le trou noir est énorme, plus la fuite est lente.

La radiation de Hawking implique que les trous noirs s'évaporent petit à petit. D'abord très lente, la vitesse d'évaporation s'accélère tandis que le trou noir rapetisse. Pour finir, après des milliards et des milliards d'années, le trou noir disparaît. Alors, prison éternelle ? Non. Tous les prisonniers, ces objets à l'origine du trou noir ou tombés à l'intérieur par la suite, sont recyclés en énergie et en particules. Mais si l'on examine avec soin ce qui ressort du trou noir, on est capable de reconstruire tout ce qui était dedans. Le souvenir de ce qui est tombé n'est donc pas perdu à jamais, mais juste pour une très longue période.

Conclusion : On peut sortir d'un trou noir !

Chapitre 27

Le lendemain avait lieu le grand concours de sciences au collège. Georges partit donc de chez lui de bonne heure. Il dit au revoir à son cochon, embrassa sa mère, rangea le livre d'Éric sur les trous noirs dans son cartable et se sauva, son petit déjeuner à la main. Son père lui proposa de l'emmener à l'arrière de sa bicyclette, mais Georges lui cria : « Non, merci, papa ! » et disparut. Ses parents eurent l'impression d'avoir échappé à une minitornade.

Georges courut jusqu'au croisement puis il se retourna pour vérifier que ses parents ne lui faisaient pas signe depuis la porte d'entrée. Ni père ni mère en vue. Aussitôt, il prit la rue sur la gauche et non celle sur la droite qui menait au collège. Comme il n'avait pas beaucoup de temps devant lui, il mit le turbo. Pendant sa course, mille questions se bousculaient dans son esprit.

Éric avait-il été avalé par le trou noir menaçant, la force la plus puissante de l'Univers ? Cosmos se trouvait-il à l'endroit escompté ? Que dirait-il à Annie quand il la verrait au concours dans quelques heures ? Le croirait-elle quand il lui apprendrait que son père avait été piégé par un ancien collègue malintentionné et était parti dans l'espace à la rencontre d'un réel danger ?

À présent, Georges comprenait pourquoi Annie racontait toujours des histoires incroyables – après avoir goûté aux merveilles de l'Univers, la vraie vie était d'une tristesse... Désormais, il ne pouvait pas imaginer son existence sans Annie, Cosmos ou Éric. Enfin si, il le pouvait, mais il ne le voulait pas. Il devait sauver Éric, coûte que coûte.

Georges ignorait pour quelles raisons le professeur Rex souhaitait expédier Éric dans un trou noir et mettre la main sur son fascinant ordinateur. Cependant, il devinait que les manigances de T-Rex n'avaient rien à voir, ni de près ni de loin, avec le bien de l'humanité, de la science, d'Éric ni du reste du monde. Nul doute que ses intentions étaient maléfiques.

Un autre sujet accaparait Georges tandis qu'il se précipitait en direction de la maison de T-Rex : le concours de sciences qui aurait lieu plus tard dans la journée. S'il faisait un bel exposé sur le Système solaire et gagnait le prix, son père ne pourrait pas lui refuser l'installation d'un ordinateur chez eux. Un seul problème se posait : le superplan que Georges avait préparé pour sauver Éric du trou noir impliquait son absence au concours et donc sa disqualification... Envolé, son rêve d'ordinateur. Ce n'était pas facile pour Georges d'abandonner son projet, mais s'il voulait ramener Éric, il n'avait pas le choix.

Quand il atteignit enfin le 42 Forest Street, Georges

s'arrêta pour reprendre son souffle et en profita pour étudier la maison devant lui. Derrière un portail délabré, une allée menait à une vieille bâtisse flanquée de tourelles étranges.

Georges remonta l'allée à pas de loup et s'approcha d'une grande fenêtre. Par la vitre crasseuse, il vit une pièce remplie de toiles d'araignées et de meubles recouverts de draps jaunis. Évitant un parterre d'orties, il se rendit sur la pointe des pieds à la fenêtre voisine qui était légèrement entrouverte. À l'intérieur, Georges distingua une silhouette familière.

Au milieu du capharnaüm (tuyaux, câbles, tubes à essai contenant des liquides colorés en ébullition…), face à un écran d'ordinateur qui émettait une lumière verte, T-Rex laissait éclater sa colère, tapait comme un sauvage sur le clavier, utilisait ses dix doigts à la fois, comme s'il jouait un solo de piano très compliqué.

— Méfie-toi, sale ordinateur ! hurla T-Rex. Cela ne me gêne pas d'y passer la journée. Je finirai bien par trouver la touche secrète et alors, tu verras de quel bois je me chauffe. Tu seras obligé de m'envoyer dans l'Univers, crois-moi !

— Négatif, répliqua Cosmos. Vous avez entré une commande erronée. Je ne peux pas traiter votre demande.

T-Rex appuya sur d'autres touches.

— Erreur ! Erreur de type deux-neuf-trois.

— Ggggggrrrrr, vociféra T-Rex. Cosmos… je vais craquer ton code.

À ce moment-là, le téléphone sonna.

— Oui ? aboya-t-il dans l'appareil avant de se montrer plus poli. Ahhh ! Vous avez eu mon message.

Il se força à tousser.

— Je ne me sens pas très bien aujourd'hui… Non, juste un coup de froid… Oui, je prends ma journée… Quel dommage pour le concours…

Il toussa un peu plus.

— Désolé ! Je dois y aller. Je retourne m'allonger. Au revoir !

Et il raccrocha.

— Tu vois, petit ordinateur ! lança-t-il, sinistre, en se frottant les mains. J'ai vraiment toute la journée.

— Je n'obéis qu'aux membres de l'ordre, répliqua le brave Cosmos.

Le professeur Rex partit d'un rire sarcastique.

— Ha ha ha ha ! Le vieil ordre existe donc encore ! Ces imbéciles de fouines pensent toujours pouvoir sauver la planète et l'humanité ? Les fous ! Ils devraient sauver leur peau pendant qu'il en est encore temps. Moi, c'est ce que je compte faire. Oublions l'humanité ! Les hommes ne méritent pas d'être sauvés.

T-Rex cracha sur le sol.

— Regarde comment ils traitent cette magnifique planète ! Je vais recommencer à zéro ailleurs, sous une nouvelle forme de vie. Ces quatre petits idiots croient qu'ils vont m'accompagner ! Ah ah ah ! Quelle naïveté ! Qu'ils périssent ici avec le reste de l'espèce humaine. Je serai le dernier vivant dans l'Univers, et ma nouvelle forme de vie obéira au moindre de mes ordres. Il me suffit à présent de me rendre dans l'espace ! Et toi, Cosmos, tu devras m'aider, que tu le veuilles ou non.

— Négatif ! Je refuse de me soumettre à un non-membre de l'ordre.

— J'étais membre autrefois, soutint T-Rex.

— Votre adhésion a été annulée. Après vos…

— C'est bon, c'est bon. Ne parlons pas du passé et de ses mauvais souvenirs, d'accord, Cosmos ? L'heure n'est-elle pas venue de pardonner et d'oublier ? demanda T-Rex d'une voix sirupeuse.

— Négatif !

Aussitôt, T-Rex entra dans une colère telle que ses mains s'abattirent à nouveau avec violence sur le clavier.

— Aïe ! s'exclama Cosmos.

Lorsqu'une poignée d'étincelles jaillirent entre les touches, Georges ne put en supporter davantage. Il mourait d'envie d'intervenir. T-Rex devait cesser de maltraiter ce pauvre Cosmos et pour cela, il fallait qu'il sorte de la maison et s'éloigne le plus loin possible du génial ordinateur. Georges décida de retourner au collège.

Il courut jusqu'aux portes de son établissement. Des hordes d'enfants venus des écoles voisines pour participer au concours se déversaient des autobus garés le long de la route. Georges se fraya un chemin parmi eux : « Pardon, pardon, désolé ! » Il cherchait quelqu'un.

— Georges !

Dès qu'il entendit son prénom, il se retourna mais ne vit pas qui l'appelait. Soudain, il l'aperçut – petite silhouette vêtue de l'uniforme bleu foncé de son école qui sautillait sur place et lui faisait signe. Il la rejoignit aussi vite qu'il le put.

— Annie ! Je suis tellement content de te voir ! Viens, nous n'avons pas une minute à perdre.

— Que se passe-t-il ? demanda-t-elle, en fronçant le nez. Un problème avec ton exposé ?

— Tu sors avec lui ? les interrompit un garçon plus âgé, vêtu du même uniforme qu'Annie.

— Dégage, s'emporta Annie.

Redoutant la réaction du grand type, Georges retint son souffle, mais l'autre baissa la tête et se perdit dans la foule.

— Où étais-tu ? demanda Georges à Annie.

— Je te l'ai dit ! Chez ma grand-mère. Maman m'a déposée ici ce matin, c'est pour ça que je ne suis pas encore rentrée chez moi. Que se passe-t-il, Georges ? Quel est le problème ?

— Annie, commença Georges, l'air grave, j'ai quelque chose d'affreux à te dire.

Il n'en eut pas l'occasion car à ce moment-là, un enseignant souffla très fort dans un sifflet, ce qui obligea tout le monde à se taire.

— Bien, annonça-t-il. Mettez-vous en rang par groupe scolaire. Le concours aura lieu dans le grand hall. Toi !

Il désigna Georges dans son uniforme vert foncé parmi un groupe de gamins en bleu.

— Tu n'es pas avec ton collège ! File avant de semer la pagaille !

— Retrouve-moi devant le hall, lança Georges à Annie. C'est extrêmement important. J'ai besoin de ton aide.

En quatrième vitesse, il rejoignit son groupe. Sur le chemin du hall, il chercha quelqu'un des yeux – ou, pour être plus précis, quelqu'un *et* sa bande. Quand il les vit,

Georges n'hésita pas une seconde. Il intercepta un professeur qui passait et s'adressa à lui d'une voix perchée.

— Monsieur, monsieur ! hurla-t-il.

— Qu'y a-t-il, Georges ? demanda le professeur surpris par ses cris.

— Monsieur ! insista-t-il de manière à s'assurer que tout le monde interrompait ses activités et l'écoutait. Il faut absolument que je change le sujet de mon exposé.

— Je ne pense pas que cela soit possible. Et cela te dérangerait de ne pas crier ?

— Il le faut ! tonitrua Georges. J'ai un nouveau titre !

— Quel titre ? s'enquit le professeur, qui s'inquiétait à présent pour sa santé mentale.

— *Cosmos, l'ordinateur le plus fascinant du monde, et comment il fonctionne.*

— Je vois, marmonna le professeur, persuadé que Georges était vraiment fou. Laisse-moi demander aux juges ce qu'ils en pensent.

— Merci, merci, monsieur ! cria Georges encore plus fort. Vous avez bien compris le titre ? *Cosmos, l'ordinateur le plus fascinant du monde, et comment il fonctionne.*

— Oui, Georges, répondit calmement le professeur. Je ferai de mon mieux.

Alors qu'il s'éloignait en poussant de gros soupirs, Georges remarqua que Ringo avait dégainé son téléphone portable et passait un appel. Maintenant, il suffisait d'attendre.

Debout devant l'entrée du hall, Georges regardait défiler des dizaines d'élèves. Il ne fallut pas longtemps au professeur Rex pour se précipiter vers lui, hors d'haleine et tremblant d'excitation.

— Georges ! s'exclama-t-il, tout en se lissant les cheveux d'une main écailleuse. As-tu réussi ? Es-tu parvenu à changer le sujet de ton exposé ?

— Je pense que oui.

— Je compte sur toi ! s'exclama T-Rex. Ne t'inquiète pas, fonce ! Parle de Cosmos et de son fonctionnement, et je m'assure que les juges soient conquis. Excellent choix, Georges ! Excellent !

À cet instant, le principal vint à passer.

— Professeur Rex ? s'étonna-t-il. Je vous croyais malade ?

— Je me sens beaucoup mieux, affirma T-Rex. Et j'ai hâte d'assister à la compétition.

— Voilà comment il faut réagir ! Je suis content que vous soyez venu, Rex ! Comme un des juges nous a fait faux bond, vous allez le remplacer…

— Non non non non non non ! Vous n'aurez aucun mal à trouver quelqu'un de mieux…

— Absurde ! Vous êtes l'homme de la situation ! Venez. Il y a une place à côté de moi.

Grimaçant, T-Rex n'eut pas d'autre choix que de suivre le principal et de prendre place à ses côtés face à l'assemblée.

Georges, lui, patienta près de la porte jusqu'à ce qu'il aperçoive Annie. Elle s'avançait vers lui au milieu d'un troupeau d'élèves en uniforme bleu. Il la prit par la manche au passage et la tira hors du flot d'enfants qui se déversait dans le hall.

— Nous devons partir, lui chuchota-t-il à l'oreille. Maintenant !

— Où ? demanda Annie. Où va-t-on ?

— Ton père est tombé dans un trou noir ! lui expliqua Georges. Suis-moi… Nous devons le secourir…

Chapitre 28

Annie se précipita le long du couloir à la suite de Georges.

— Mais, Georges… Où m'emmènes-tu ?

— Chut ! lui lança-t-il par-dessus son épaule. Par ici.

Il conduisait Annie à une porte latérale qui donnait sur la route. Les élèves avaient l'interdiction formelle de sortir par là pendant les heures de cours. Si on les surprenait en train de quitter le collège sans permission, ils risquaient de gros ennuis. Pire, bien pire, Annie et lui perdraient leur unique chance de rejoindre Cosmos, et Éric serait perdu à jamais à l'intérieur du trou noir. Il était vital qu'ils sortent du collège le plus vite possible.

Ils marchaient d'un bon pas tout en gardant l'air naturel et innocent, comme s'ils avaient une très bonne raison pour aller en sens inverse de tous les autres. Cela semblait fonctionner – personne ne leur prêta attention. Ils approchaient de la fameuse porte quand Georges repéra un professeur non loin. Il croisa les doigts dans l'espoir qu'il ne les remarque pas… Raté.

— Georges ? Où allez-vous comme ça, tous les deux ?

— Monsieur… Euh, eh bien… nous… euh…

Pas une excuse valable ne lui vint à l'esprit.

— J'ai oublié quelque chose d'important pour mon exposé dans la poche de mon manteau, monsieur, intervint Annie d'une voix claire. Mon professeur a demandé à ce garçon de bien vouloir me montrer le chemin des vestiaires.

— Allez-y.

Il ne se contenta pas de les laisser passer, il les observa jusqu'à ce qu'ils disparaissent dans les vestiaires. Quand ils jetèrent un œil dans le couloir, le professeur demeurait planté devant la sortie. Les derniers élèves se rendaient en traînant des pieds à la rencontre scientifique qui allait commencer d'une minute à l'autre.

— C'est pas vrai ! s'exclama Georges. Il faut trouver un autre moyen de sortir.

Ils examinèrent les vestiaires. Au-dessus des rangées de portemanteaux se trouvait une étroite fenêtre rectangulaire.

— Tu crois qu'on peut passer par là ?

— On a le choix ? demanda Annie, les yeux rivés sur l'ouverture.

Georges secoua la tête.

— Alors, allons-y, conclut Annie, déterminée. Je ne laisserai pas un trou noir avaler mon père. Ah ça, non !

À la manière dont elle fronçait les sourcils, Georges comprit qu'elle se retenait de pleurer. Il se demanda s'il avait bien fait de lui en parler – aurait-il pu sauver Éric seul ? Trop tard pour les remords. Annie l'accompagnait, ils devaient aller au bout de leur mission.

— Approche, lui demanda-t-il. Que je te fasse la courte échelle.

Une fois soulevée, elle débloqua le verrou, ouvrit la fenêtre et se glissa par l'ouverture. Elle poussa un petit cri avant de disparaître. Georges se hissa et essaya lui aussi de se faufiler, mais il était plus grand qu'elle et ce ne fut pas facile. Arrivé à la taille, il resta coincé. Une partie de lui se balançait dans le vide à l'extérieur du collège, l'autre partie demeurait dans les vestiaires.

— Georges ! s'exclama Annie qui l'attrapa par un pied.

— Ne tire pas ! la supplia-t-il, tandis qu'il se contorsionnait et retenait sa respiration au maximum.

Au bout de quelques instants, il parvint à se dégager de l'encadrement de la fenêtre et atterrit en tas sur le trottoir. Il se releva aussitôt et prit Annie par la main.

— Viens ! Il ne faut pas qu'on nous trouve ici.

Au pas de course, ils gagnèrent le coin de la rue et s'arrêtèrent afin que Georges reprenne son souffle.

— Annie…

Elle lui fit signe de se taire, car elle avait sorti son portable et appelait quelqu'un.

— Maman ! Il y a urgence… Non, je vais bien. Ce n'est pas moi… Oui, je suis au collège où tu m'as déposée ce matin, mais je dois… Non, maman, je n'ai rien fait… Maman, écoute-moi, s'il te plaît ! Quelque chose est arrivé à papa, quelque chose d'horrible, et nous devons le secourir… Il est parti dans l'espace et s'est perdu. Il faut qu'on le ramène… Peux-tu venir nous chercher ? Je suis avec mon ami Georges et nous sommes à côté de son école. Vite, maman, dépêche-toi… OK. À tout à l'heure.

— Elle a dit quoi ?

— « Dis-moi quand ton père cessera de faire l'idiot et apprendra à se comporter en adulte. »

— Que voulait-elle dire ? demanda Georges, perplexe.

— Je ne sais pas. Les adultes ont de drôles d'idées, parfois.

— Elle va venir ?

— Oui. Elle ne va pas tarder. Elle est en Mini.

Effectivement, quelques minutes plus tard, une petite voiture rouge à rayures blanches se gara à côté d'eux. Une femme au visage agréable et aux longs cheveux bruns baissa sa vitre et passa la tête par la fenêtre.

— C'est quoi cette fois-ci ? s'exclama-t-elle, guillerette. Ah ! Ton père et ses aventures spatiales ! Et pourquoi n'êtes-vous pas au collège, tous les deux ?

— Georges, voici maman. Maman, voici Georges, les présenta Annie qui ignora sa question et ouvrit en grand la portière passager.

Elle pencha le siège en avant pour que Georges puisse grimper à l'arrière.

— Fais attention de ne rien casser, lui recommanda-t-elle.

Sur le siège, Georges répertoria des flûtes à bec, des cymbales, des triangles, des mini-harpes et des tambourins.

— Désolée, Georges, s'excusa la maman d'Annie. Je

suis professeur de musique – voilà pourquoi j'ai autant d'instruments.

— Professeur de musique ? répéta Georges, surpris.

— Oui. Annie t'a dit que j'exerçais quel métier ? Présidente des États-Unis ?

— Non, répondit Georges qui croisa son regard dans le rétroviseur. Danseuse à Moscou.

— Vous avez fini de parler de moi comme si je n'étais pas là ? râla Annie tout en mettant sa ceinture. Maman, roule ! Je te rappelle que nous devons sauver papa.

Mais la maman d'Annie ne démarrait toujours pas.

— Ne panique pas, Annie, la rassura-t-elle. Ton père s'est déjà mis dans de sacrés pétrins. Je suis sûre qu'il va bien. C'est vrai, jamais Cosmos ne laisserait quoi que ce soit lui arriver. Je pense donc que vous devriez retourner au collège. Un point, c'est tout.

— Le seul problème… intervint Georges qui ignorait comment appeler la maman d'Annie, c'est qu'Éric n'a plus Cosmos – il a été volé. Éric navigue dans l'espace seul. Et près d'un trou noir.

— Seul ? répéta la maman d'Annie qui pâlit soudain. Sans Cosmos ? Mais alors, il ne peut pas revenir. Un trou noir… ?

— Maman, depuis le temps que je te dis qu'il y a urgence ! s'énerva Annie. Tu me crois, maintenant ?

— Mon Dieu ! Attache ta ceinture, Georges. Et indique-moi la route.

Dès que Georges lui donna l'adresse du professeur Rex, elle démarra et appuya si fort sur l'accélérateur que la petite voiture bondit en avant.

Tandis que la Mini rouge filait malgré la circulation

dense, Georges lui expliqua de son mieux les événements des dernières vingt-quatre heures. Sous le regard furieux des conducteurs de grosses voitures, la Mini se faufilait de droite et de gauche et doublait tout le monde. Pendant ce temps, Georges raconta à Annie et sa mère (qui lui demanda de l'appeler Suzanne) sa visite à Éric la veille afin qu'ils discutent de son exposé de science. Il leur parla de la mystérieuse lettre qui ne lui inspirait pas confiance, d'Éric qui avait bondi à travers le portail, de son propre aller-retour dans l'espace, de la force invisible qui les avait attirés à elle, de la porte venue les sauver – porte tellement floue que seul Georges avait pu s'échapper.

Il continua par son atterrissage dans le salon, l'absence d'Éric et la disparition de Cosmos, sa poursuite des voleurs qu'il avait perdus dans l'obscurité, sa quête du livre qu'Éric l'avait supplié de chercher, son incapacité à en comprendre un traître mot, sa découverte des notes dans lesquelles Éric expliquait qu'il était possible de s'échapper d'un trou noir, sa visite au professeur Rex ce matin-là, le professeur qui martyrisait Cosmos, le seul ordinateur au monde capable d'arracher Éric à son sort…

— Rex ? Tu veux dire Tiburce Rex ? l'interrompit Suzanne en prenant un virage serré.

— Oui, répondit Georges. T-Rex. Il enseigne dans mon école. Vous le connaissez ?

— Oui, depuis très longtemps, marmonna Suzanne. J'ai toujours dit à Éric de ne pas faire confiance à cet homme. Mais il ne m'écoutait pas. Éric ne voit pas le mal chez les gens. Et puis, un beau jour…

Elle ne poursuivit pas.

— Eh bien, maman ? l'interrogea Annie.

— Et puis, un beau jour, un événement terrible s'est produit, répondit Suzanne, les lèvres pincées. Un événement qu'aucun de nous n'oubliera jamais.

— Nous ? s'exclama Annie, excitée comme une puce à l'idée d'entendre pour la première fois une passionnante histoire familiale.

Elle ne sut pas la suite car Suzanne s'engagea dans l'allée de T-Rex et se gara pile devant sa maison.

Chapitre 29

Cela ne fut pas facile de pénétrer chez T-Rex. Même si la bâtisse était vieille, miteuse et mal entretenue, il en avait verrouillé le moindre accès. Ils contournèrent la maison, essayèrent toutes les ouvertures, mais rien ne bougea. Lorsqu'ils atteignirent la fenêtre de la pièce où Georges avait vu Cosmos le matin même, ils ne purent que constater l'absence du superordinateur.

— Mais je l'ai vu ! protesta Georges. Dans cette pièce !

Annie et Suzanne se dévisagèrent. Suzanne se mordit la lèvre pour cacher sa déception. Une grosse larme coula sur la joue d'Annie.

— Si Cosmos est introuvable…, chuchota-t-elle.

— Une minute ! s'exclama Suzanne. Taisez-vous, tous les deux ! Écoutez !

Tous trois tendirent l'oreille.

À l'intérieur de la pièce résonnait une petite voix mécanique qui chantonnait :

— *Hey Diddle Diddle, Le Chat et le Violon… La vache a sauté par-dessus la Lune…* même si, concrètement, ce n'est pas possible sans combinaison spatiale sinon la vache gèlerait sur place, ajouta la voix.

— C'est Cosmos ! s'écria Georges. Il chante pour que nous sachions où le trouver. Mais comment allons-nous entrer ?

— Attendez ici ! leur ordonna Suzanne, mystérieuse.

Elle disparut au coin de la maison et réapparut quelques minutes plus tard dans la pièce où Cosmos chantait. Elle ouvrit la fenêtre du rez-de-chaussée en grand pour que Georges et Annie puissent entrer.

— Comment… s'étonna Georges.

— J'aurais dû y penser avant, répliqua Suzanne. Tiburce avait laissé une clef sous un pot de fleurs à côté de la porte d'entrée. Grâce à cette vieille habitude, j'ai pu pénétrer à l'intérieur !

Pendant ce temps, Annie avait suivi le chant de ce brave Cosmos et trépignait devant un grand placard. Elle tira un carton rempli de vieilles couvertures qu'elle jeta. Au fond était dissimulé Cosmos. Elle couvrit son écran de baisers.

— Cosmos ! Cosmos ! Cosmos ! s'écria-t-elle. Nous t'avons retrouvé. Tu vas bien ? Peux-tu sauver mon papa ?

— Branche-moi, s'il te plaît, la supplia l'ordinateur qui avait vu des jours meilleurs.

Chez Éric, il était argenté et étincelant – une machine lustrée et bien entretenue. Là, rayé et cabossé, il portait des marques et des taches.

— Je suis épuisé. Mes batteries sont quasiment à plat.

Georges examina l'endroit où il avait vu Cosmos plus tôt dans la journée. Oui, le câble se trouvait encore là. Dès qu'il brancha l'ordinateur, il entendit de drôles de bruits, comme si Cosmos buvait de l'eau froide à grandes gorgées.

— Voilà qui est mieux, soupira Cosmos. Maintenant, quelqu'un pourrait me dire ce qu'il se passe ici ?

— Éric est tombé dans un trou noir ! lui apprit Georges.

— Et nous avons besoin de toi pour l'en sortir, ajouta Annie. Cher Cosmos, je t'en prie, dis-nous que tu sais comment t'y prendre !

Cosmos émit un vrombissement.

— Je parcours mes disques pour vérification. Je recherche dans mes fichiers comment secourir une personne tombée dans un trou noir… Attendez, s'il vous plaît…

Nouveau vrombissement, silence.

— Alors ? s'inquiéta Annie. Tu peux ?

— Euh… Non, admit-il à regret. La recherche de termes n'a produit aucune information.

— Tu ne sais pas comment ? Mais, Cosmos, cela signifie que…

Annie ne put finir sa phrase. Elle se jeta dans les bras de sa mère et se mit à pleurer.

— Personne ne m'a fourni d'informations sur la manière de réchapper d'un trou noir, s'excusa-t-il. Je sais seulement comment y entrer, pas comment en sortir. D'ailleurs, je ne suis pas sûr que ce soit possible. Éric me l'aurait appris, s'il le savait. J'ai accédé à mes archives concernant les trous noirs, la gravitation et la masse, mais j'ai peur qu'aucun de ces fichiers ne contienne les données nécessaires.

Ses lecteurs ronronnèrent à nouveau puis ils se turent – Cosmos, pour une fois, était à court de mots…

— Éric est donc perdu, déclara Suzanne qui s'essuyait les yeux. Il y a longtemps, il m'a dit qu'une fois avalé, rien ne pouvait sortir d'un trou noir.

— Non ! s'exclama Georges. C'est faux ! Il a changé d'avis à propos des trous noirs. Tout est dans les notes qu'il nous a laissées, à Annie et à moi.

— Quelles notes ? demanda Cosmos.

Tout en fouillant dans son sac, Georges essaya de se souvenir des mots exacts utilisés par Éric.

— Éric a écrit que les trous noirs ne sont pas éternels. Parfois ils recrachent tout ce qui est tombé… Cela prend beaucoup de temps… radiateur quelque chose.

— Radiation, corrigea Cosmos. As-tu le livre ? Peut-être pourrais-je le scanner et travailler à partir de là ?

— Oui, radiation, c'est ça !

Georges avait sorti de son sac le gros livre d'Éric sur les trous noirs et l'avait tendu à Annie.

— Cosmos ! Nous devons nous dépêcher, quand T-Rex s'apercevra que je ne suis pas au collège pour lire mon exposé, il viendra directement ici.

— Nous aurions été plus rapides si Éric avait pris la peine de mettre régulièrement à jour mon système, ronchonna Cosmos.

— Peut-être a-t-il oublié ? hasarda Georges.

— C'est tout lui ! s'exclama Cosmos.

— Bon ! intervint Annie. On se dépêche, oui ou non ?

— Bien sûr, répondit Cosmos le plus sérieusement du

monde. Une fois que j'aurai les nouvelles informations, je pourrai me mettre aussitôt au travail. Annie ! Relie le livre à mon interface.

Rapide comme l'éclair, Annie sortit un plateau en plastique du flanc de Cosmos et l'ajusta jusqu'à ce qu'il soit droit. Elle déposa le livre dessus et appuya sur un bouton de l'ordinateur.

— Prêt ? demanda-t-elle.

Le vrombissement reprit de plus belle et les pages du livre se mirent à briller.

— Mise à jour de mes fichiers concernant les trous noirs… Terminée. Tu avais raison, Georges. Tout est dans le dernier livre d'Éric. Je peux le faire. Je peux sauver Éric du trou noir.

— Qu'est-ce que tu attends ? crièrent en chœur Georges, Annie et Suzanne.

Annie appuya sur la touche ENTRÉE du clavier et une fenêtre surgit au milieu de la pièce. De l'autre côté, apparut une vue très déformée de l'espace et en son centre, une tache noire.

— Le trou noir ! cria Georges.

— Correct, répliqua Cosmos. C'est l'endroit où je vous ai laissés, Éric et toi.

La zone semblait immobile, comme si rien ne se passait.

— Cosmos, pourquoi ne se produit-il rien ? s'enquit Annie.

— Une minute ! Il faut que je récupère toutes les petites choses qui sortent du trou noir. La plupart sont si minuscules qu'on ne les voit pas à l'œil nu. Si j'en rate une, je ne serai peut-être pas capable de reconstruire

Éric. Pour cela, je suis obligé de filtrer chaque objet qui a été avalé par le trou noir.

— Qu'entends-tu par « reconstruire » ? l'interrogea Suzanne.

— Le trou noir expulse les particules une par une. Chaque fois qu'une particule sort, le trou noir en évacue davantage la fois suivante, si bien que le processus s'accélère au fur et à mesure. J'accélère des milliards d'années. S'il vous plaît, laissez-moi travailler. Il faut absolument que je collecte tout.

Georges, Annie et sa maman obéirent. Les yeux rivés sur la fenêtre, tous trois priaient pour qu'il réussisse. Au bout de quelques minutes, le trou noir n'avait pas changé d'apparence. Soudain, il commença à rétrécir, l'espace autour de lui sembla moins déformé. Une fois le processus enclenché, il rapetissa de plus en plus vite et évacua un grand nombre de particules que tous trois purent voir.

Plus le trou noir rétrécissait, plus le vrombissement de Cosmos était assourdissant. Les lumières de son écran – si éblouissantes une minute plus tôt – clignotèrent et faiblirent. Le ronflement fit place à un craquèlement puis à une alarme stridente en provenance du clavier.

— Un problème ? chuchota Georges.

Suzanne paraissait inquiète.

— Bien qu'il soit puissant, Cosmos doit avoir du fil à retordre avec les calculs.

— Tu penses qu'il va réussir ? pleurnicha Annie.

— Espérons-le. Espérons-le.

Par la fenêtre, ils constatèrent que le trou noir mesurait à présent la taille d'une balle de tennis.

— Ne regardez pas ! hurla Suzanne. Vite ! Couvrez-vous les yeux avec vos mains !

Le trou noir étincela avant d'exploser puis de disparaître dans la déflagration la plus terrible que l'Univers puisse supporter. Même les yeux fermés, Georges, Annie et sa maman percevaient la lumière.

— Accroche-toi, Cosmos ! l'encouragea Annie.

Cosmos poussa un horrible grognement et projeta une lumière verte, tandis que de la fumée blanche s'élevait de ses circuits.

— Eu… rê… k…, commença à crier Cosmos, mais sa voix fut coupée avant qu'il n'atteigne la fin du mot.

La lumière se volatilisa. Quand Georges rouvrit les yeux, la fenêtre avait disparu et cédé la place à un… portail. Quand il s'ouvrit, la pièce du professeur Rex fut submergée par les derniers éclats de l'explosion. Dans l'encadrement apparut la silhouette d'un homme en tenue de cosmonaute. Derrière lui, s'étendait une zone tranquille de l'Univers, débarrassée de son trou noir.

Chapitre 30

Éric ôta son casque puis s'ébroua, tel un chien après une bonne baignade.

— C'est mieux ! s'exclama-t-il. Mais où suis-je ? Que s'est-il passé ?

Une paire de lunettes à la monture jaune glissa de son nez. Il les regarda, ébahi :

— Elles ne sont pas à moi !

Il se tourna vers Cosmos à l'écran éteint et au clavier fumant.

Annie se précipita dans ses bras.

— Papa ! s'écria-t-elle. Tu es tombé dans un trou noir ! Et Georges a dû te secourir. Il est si intelligent, tu sais !

« Il a découvert à partir de tes notes que tu pouvais réchapper du trou noir, mais d'abord il a dû trouver Cosmos. Cosmos a été volé par cet homme horrible qui…

— Doucement, Annie, doucement, l'implora son père, encore sous le choc. Tu es en train de me dire que j'ai été happé par un trou noir et que j'en suis ressorti ?

Mais c'est incroyable ! Alors j'ai raison ? Mes travaux sont corrects ? Les informations qui entrent dans un trou noir ne sont pas perdues à jamais… Stupéfiant ! Donc, si je peux sortir de…

— Éric ! l'interrompit Suzanne.

Il sursauta.

— Oh ! Suzanne !

Penaud, embarrassé, il lui tendit les lunettes jaunes.

— Je suppose, marmonna-t-il, que tu n'en as pas une paire de rechange pour moi dans ton sac à main… On dirait que je suis sorti du trou noir avec celles d'un autre !

— Ces deux-là ont traversé toute la ville pour te sauver la vie, dit Suzanne furieuse, en plongeant la main dans son sac pour en retirer une paire neuve. Ils ont fait l'école buissonnière, Georges rate le concours de sciences à cause de toi. Je pense que tu pourrais au minimum les remercier, surtout Georges. Il a démêlé cette énigme tout seul, tu sais – la lettre, Tiburce, le trou noir… Et ne les perds pas, celles-ci !

— Merci, Annie, fit Éric qui tapota la tête de sa fille.

Puis il mit ses lunettes sur son nez – de travers, comme à son habitude.

— Et merci, Georges. Tu t'es montré très courageux et très intelligent.

— De rien, bredouilla Georges, les yeux rivés sur ses pieds. Je n'ai pas fait grand-chose. C'est Cosmos qui…

— Faux ! intervint Éric. Cosmos n'aurait pas pu me ramener sans ton aide – sinon, je serais revenu plus tôt, pas vrai ?

— Je suppose, répondit Georges sur un ton peu aimable. Cosmos va bien ?

L'écran éteint, le superordinateur n'émettait aucun son.

Éric se sépara d'Annie et s'approcha de Cosmos.

— Pauvre vieux, le plaignit-il.

Il le débrancha, le ferma et le glissa sous son bras.

— Il a besoin d'un peu de repos, je pense. Bien, je ferais mieux de rentrer directement à la maison et de coucher sur le papier mes nouvelles découvertes. Il faut que les scientifiques du monde entier apprennent sans tarder que j'ai fait la plus étonnante des…

Suzanne toussa très fort et le foudroya du regard.

Perplexe, Éric la dévisagea.

— Quoi ? lui demanda-t-il à voix basse.

— Georges ! lui répondit-elle à voix basse.

— Bien sûr ! s'écria Éric en se frappant le front avec la paume de la main. Georges, je suis désolé. Évidemment, ma priorité est de te ramener au collège à temps pour participer au concours. OK ? demanda-t-il à Suzanne qui, souriante, hocha la tête.

— Je ne suis pas sûr de…, protesta Georges.

— Nous discuterons de ton exposé dans la voiture ! décida Éric.

Vêtu de sa combinaison, il se dirigea vers la porte.

— En route, mauvaise troupe !

Quand il se retourna, il constata que personne ne le suivait.

— Quoi encore ? demanda-t-il, les sourcils froncés.

— Papa ! s'exclama Annie, l'air dégoûté. Tu ne comptes pas te rendre au collège de Georges dans cette tenue ?

— Personne ne le remarquera… Mais si tu insistes…

Il se débarrassa de sa combinaison pour retrouver ses habits de tous les jours en dessous puis il s'ébouriffa les cheveux.

— Au fait, on est où ? Je ne reconnais pas cet endroit.

— Éric, lui apprit Suzanne, c'est la maison de Tiburce Rex. Tiburce t'a écrit cette lettre afin de t'expédier dans l'espace. Pendant ce temps, il a volé Cosmos, croyant que tu ne reviendrais jamais.

— Non ! Tiburce a agi de manière délibérée ? Il a volé Cosmos ?

— Je t'avais dit qu'il ne te pardonnerait jamais.

— Mon Dieu !

L'air triste, Éric batailla pour enlever ses bottes de l'espace.

— Quelle nouvelle affligeante.

— Euh ! Éric ! murmura Georges. Que s'est-il passé entre T-Rex et vous ? Pourquoi voulait-il vous voir englouti par un trou noir ? Et pourquoi ne vous pardonnera-t-il jamais ?

— Oh ! Georges ! soupira Éric, enfin parvenu à se débarrasser de la première botte. C'est une longue histoire. Tu sais que Tiburce et moi travaillions ensemble avant.

Éric chercha son portefeuille dans la poche intérieure de sa veste. Il en sortit une vieille photo froissée qu'il tendit à Georges. Sur le cliché, deux jeunes hommes entouraient un homme plus âgé à la longue barbe blanche. Les jeunes gens portaient une toge noire à la capuche bordée de fourrure crème. Tous trois riaient. L'homme de droite avait d'épais cheveux bruns et des lunettes à grosse monture, légèrement de travers sur son nez.

— Mais c'est vous, là ! s'exclama Georges, intrigué par le visage du second homme. On dirait T-Rex… Il a l'air sympathique et charmant. Pas le type bizarre et effrayant d'aujourd'hui.

— Tiburce, expliqua calmement Éric, était mon meilleur ami. Nous étudiions la physique ensemble à l'université, celle de cette ville. L'homme au centre était notre directeur d'études – un brillant cosmologiste. Il a inventé le concept de Cosmos ; Tiburce et moi avons d'ailleurs travaillé sur les premiers prototypes. Nous voulions créer une machine qui nous aiderait à explorer l'espace afin d'approfondir nos connaissances de l'Univers. Au début, Tiburce et moi nous entendions très bien. Peu à peu, il est devenu étrange et froid. J'ai alors compris qu'il voulait Cosmos pour lui tout seul. Il ne souhaitait pas engranger du savoir pour le bénéfice de l'humanité, il voulait se servir de Cosmos pour s'enrichir et acquérir du pouvoir. Il voulait exploiter les merveilles de l'espace pour son profit personnel. À l'époque, Cosmos était un ordinateur gigantesque – si gros qu'il lui fallait presque un sous-sol entier. Et pourtant, il était deux fois moins puissant qu'aujourd'hui. Bref, un soir, Tiburce se croyait seul quand je l'ai surpris en train d'utiliser Cosmos à des fins malveillantes. J'ai essayé de l'en empêcher, mais… cela a été… horrible. Tout a changé après cela.

Éric se tut soudain.

— Et après ce terrible événement ? demanda Annie.

— Mon cœur, intervint Suzanne, ne pose plus de questions à ton père sur ce sujet. Cela suffit pour aujourd'hui.

Chapitre 31

Dans le hall du collège de Georges, les élèves commençaient à s'ennuyer et à remuer. Ils gigotaient sur leur chaise, chuchotaient, gloussaient, pendant qu'une série de candidats nerveux à l'air solennel s'efforçaient de retenir leur attention. Cependant, aucun d'entre eux n'était aussi fébrile et agité que le professeur Rex, assis au premier rang à côté du principal et des autres juges.

— Bon sang, mais tenez-vous tranquille, Rex ! marmonna le principal.

Il était agacé que Rex se comporte si mal devant les professeurs et les directeurs des autres établissements. Pour l'instant, Rex n'avait pas pris la peine d'écouter un seul exposé et n'avait pas posé la moindre question. Il vérifiait sans arrêt l'ordre de passage des élèves et se retournait toutes les trente secondes pour examiner le hall.

— Je vais voir si Georges est au point avec son exposé, chuchota-t-il à l'oreille du principal.

— Pas question ! postillonna ce dernier. Georges s'en sortira très bien sans vous. Essayez de montrer un peu d'intérêt, de grâce ! Vous causez du tort au collège.

Sur l'estrade, le candidat terminait son discours sur les fossiles des dinosaures.

— Voilà, conclut-il face à un public lassé, comment nous savons que les premiers dinosaures ont évolué sur la Terre il y a deux cent trente millions d'années.

Les professeurs applaudirent pour la forme pendant qu'il descendait les marches et rejoignait son groupe.

Le principal se leva et parcourut ses notes.

— Et maintenant… notre dernier concurrent, le petit Georges Greenby de notre école ! Veuillez accueillir Georges dont le sujet est *Mon étonnant rocher*…

Le principal s'interrompit pour relire ses notes.

— Non, non, intervint le professeur Rex qui se leva à son tour. Georges va nous parler en fait de Cosmos, l'ordinateur le plus fascinant du monde, et de son fonctionnement. Hourra, Georges ! l'acclama-t-il sans que personne se joigne à lui.

Un long silence s'ensuivit pendant lequel tout le monde attendait l'arrivée de Georges. Finalement, le niveau sonore de la salle augmenta, car les élèves marmonnaient entre eux, excités à l'idée de terminer plus tôt.

Le principal consulta sa montre.

— Je lui donne deux minutes. S'il ne s'est pas montré d'ici là, il sera disqualifié et nous délibérerons.

Comme ses élèves, le principal se dit qu'il serait agréable de rentrer plus tôt, pour une fois, de boire une bonne tasse de thé, de manger un bout de gâteau, les doigts de pied en éventail, sans gamins pour l'importuner.

La grande aiguille avança, aucun signe de Georges. Plus que quelques secondes… Le principal se tourna vers les juges pour leur annoncer que la compétition était close quand une certaine agitation au fond du hall attira son attention. Un groupe venait d'entrer – deux adultes dont l'un tenait un ordinateur sous le bras, une fillette blonde et un garçon.

Ce dernier courut jusqu'à l'estrade et dit :

— Monsieur ? Je suis encore dans les temps ?

— Oui, Georges, affirma le principal, finalement soulagé de le voir. Allez, monte ! Et bonne chance ! On compte sur toi.

Georges grimpa sur l'impressionnante estrade et se plaça au centre.

— Bonjour, chuchota-t-il.

Les élèves installés dans le hall l'ignorèrent et continuèrent de se pousser, de se tirer, de se pincer…

— Bonjour, répéta Georges.

Un instant, le trac prit le dessus et il se sentit très ridicule, debout devant tout le monde. Puis il se souvint des paroles réconfortantes d'Éric dans la voiture et reprit confiance en lui. Il bomba le torse, leva les bras et cria :

— Bonjour, tout le monde !

Surpris, les élèves se turent.

— J'ai dit, cria à nouveau Georges, bonjour, tout le monde !

— Bonjour, Georges ! hurla la salle.

— Vous m'entendez au fond ?

Adossé contre le mur opposé, Éric leva les pouces.

- La Terre est la troisième planète en partant du Soleil.
- Distance moyenne au Soleil : 149,6 millions de kilomètres.

70,8 % de la surface de la Terre est couverte d'eau liquide et le reste est divisé en sept continents – Asie (29,5 % de la terre émergée), Afrique (20,5 %), Amérique du Nord (16,5 %), Amérique du Sud (12 %), Antarctique (9 %), Europe (7 %) et Australie (5 %). Cette définition des continents est en partie culturelle puisque par exemple, aucune étendue d'eau ne sépare l'Asie de l'Europe. Géographiquement, seuls quatre continents ne sont pas séparés par de l'eau : Eurasie-Afrique (57 % de la terre émergée), les Amériques (28,5 %), l'Antarctique (9 %) et l'Australie (5 %). Les 0,5 % restants sont constitués d'îles éparpillées dans l'Océanie, au centre et au sud du Pacifique.

- Une journée sur Terre est divisée en 24 heures, mais en fait, il faut à la Terre 23 heures, 56 minutes et 4 secondes pour tourner sur elle-même. Il en résulte un décalage de 3 minutes et 56 secondes. Sur une année, tous ces décalages s'additionnent et correspondent au tour complet que fait la Terre lors de son orbite autour du Soleil.

- Il faut une année à la Terre pour accomplir une révolution autour du Soleil. Cette durée varie très légèrement au fil du temps, mais elle demeure d'environ 365,25 jours par an.

- Pour l'instant, la Terre est la seule planète connue de l'Univers à abriter la vie.

Surface : 510 065 600 kilomètres carrés.

Diamètre à l'équateur : 12 756 kilomètres.

— Je m'appelle Georges Greenby et aujourd'hui, je suis venu vous parler d'un sujet qui me tient à cœur : *Les secrets de l'Univers*.

— Noooonnnn, hurla le professeur Rex qui bondit de son fauteuil. C'est faux.

— Chut, professeur Rex ! ordonna le principal.

— Je m'en vais, fulmina T-Rex.

Telle une tornade, il traversa le hall mais s'arrêta à mi-chemin quand il aperçut Éric au fond. Celui-ci lui fit un petit signe de la main, sourit, tapota Cosmos blotti sous son bras. Le teint verdâtre, T-Rex retourna tranquillement s'asseoir à sa place.

— Vous voyez, poursuivit Georges avec une assurance et un sérieux surprenants, j'ai vraiment de la chance. J'ai eu en ma possession une clef secrète qui m'a ouvert les portes de l'Univers. Grâce à elle, j'ai pu découvrir des choses merveilleuses sur le monde qui nous entoure. J'aimerais partager avec vous ces découvertes : D'où venons-nous ? Qu'est-ce qui nous a fabriqués, nous, notre planète, notre Système solaire, notre Galaxie, notre Univers… Ce savoir concerne aussi notre avenir. Où allons-nous ? Que faut-il faire si nous voulons vivre encore plusieurs siècles sur cette Terre ?

« Je voulais vous en parler, parce que la science est vraiment importante. Sans elle, nous ne comprendrions rien. Sans elle, comment agir pour le mieux et prendre les bonnes décisions ? Certains pensent que la science est ennuyeuse à mourir, d'autres qu'elle est dangereuse – mais si nous ne nous intéressons pas à la science et n'apprenons pas à nous en servir correctement, alors oui, elle peut être dangereuse. Si on s'y intéresse un peu, on découvre qu'elle est fascinante et primordiale pour nous et pour l'avenir de notre planète.

Tout le monde à présent écoutait Georges avec attention. Quand il se tut, le silence régnait dans le hall.

— Il y a plusieurs milliards d'années, des nuages de gaz et de poussière erraient dans l'espace. Au début, ces nuages étaient très éloignés les uns des autres mais, au fil du temps, la gravité aidant, ils ont commencé à rétrécir, à devenir de plus en plus denses...

Chapitre 32

— « Et alors ? » vous direz-vous, continua Georges, avec le ton d'un véritable professeur. Qu'est-ce qu'un nuage de poussière a à voir avec mon exposé ? Pourquoi avons-nous besoin de savoir ce qu'il s'est passé il y a des milliards d'années dans l'espace ? Quelle importance ? Eh bien si, il est très important de le savoir. Parce que ce nuage de poussière est la raison pour laquelle nous sommes là aujourd'hui.

« Nous savons que les étoiles se forment à partir de nuages de gaz géants dans l'espace. Certaines étoiles terminent en trous noirs qui lentement, très lentement, laissent échapper des choses jusqu'à ce qu'ils disparaissent lors d'une énorme explosion.

« D'autres étoiles explosent avant de devenir des trous noirs et expédient la matière qu'elles contiennent à travers l'espace. Nous savons que les éléments qui nous composent ont été créés dans le ventre de ces étoiles qui ont explosé il y a très longtemps. Tous les hommes, les animaux, les plantes, les roches, l'air et les océans sont constitués d'éléments forgés à l'intérieur des étoiles. Quoi que nous en pensions, nous sommes tous les enfants des étoiles. Il a fallu des milliards et des milliards d'années à la nature pour nous fabriquer à partir de ces éléments.

Georges s'interrompit une seconde.

— Alors vous voyez, il a fallu un temps extrêmement long pour nous façonner, nous et notre planète. La Terre ne ressemble à aucune autre planète du Système solaire. Il en existe de plus grosses, de plus impressionnantes, mais aucune ne sera jamais notre maison. La température de Vénus est très chaude, par exemple et sur Mercure une journée dure cinquante-neuf de nos jours. Quelle horreur !

L'assistance était suspendue aux lèvres de Georges. Après avoir décrit les merveilles du Système solaire, il parvint à la partie la plus importante de son discours.

— Notre planète est fascinante, et c'est la nôtre, résuma-t-il. Nous lui appartenons – nous sommes de la même matière que la planète elle-même. Nous devons donc prendre soin d'elle comme nous prenons soin de nous. Mon père le répète depuis des années… Je voyais seulement à quel point il était différent des autres parents. Aujourd'hui, je n'ai plus honte de mon père – il a raison de dire que nous devons nous arrêter de jouer avec la Terre. Nous devons tous faire des efforts. Aujourd'hui, je suis fier qu'il veuille protéger quelque chose d'aussi unique et magnifique que la Terre. Nous devons tous nous y mettre, sinon notre belle planète sera perdue.

« Bien sûr, nous pouvons aussi partir à la recherche d'une autre planète pour nous accueillir, mais la tâche est compliquée. Nous savons qu'il n'en existe pas à proximité. Alors, s'il existe une autre Terre quelque part – ce qui est possible –, elle doit être très très loin. S'il est passionnant de vouloir découvrir de nouvelles planètes et de nouveaux mondes dans l'Univers, cela ne signifie pas qu'un jour on ne souhaite pas rentrer à la maison. Nous devons nous assurer que, dans une centaine d'années, nous pourrons encore rentrer sur Terre.

« Vous vous demandez peut-être comment je sais tout ça ? Eh bien, voici mon secret : vous n'avez pas besoin de clef pour ouvrir les portes de l'Univers et aider la Terre. Il en existe une que vous pouvez tous utiliser, si vous apprenez à vous en servir. Il s'agit de la « physique ». Elle vous aidera à comprendre l'Univers qui vous entoure. Merci ! »

Un tonnerre d'applaudissements retentit dans le hall et l'assemblée tout entière se leva. Essuyant une larme au coin de son œil, le principal bondit sur l'estrade pour lui donner une tape dans le dos.

— Bravo, Georges ! Bien travaillé, petit ! Et tu parles comme un vrai professeur !

Puis il lui serra la main avec vigueur. Gêné par les applaudissements qui ne cessaient pas, Georges rougit.

Au premier rang, T-Rex pleurait lui aussi, mais il ne versait pas des larmes de joie ou de fierté comme le principal. « Cosmos…, enrageait-il. Si près du but ! Je te tenais entre mes bras ! Et maintenant il me l'a volé… »

Après avoir aidé Georges à descendre de l'estrade, le principal consulta très brièvement les autres juges (excepté le professeur Rex qui, affalé dans son fauteuil, marmonnait et lançait des regards mauvais à Georges). Grâce au sifflet du prof de gym qu'il utilisa plusieurs fois, le principal ramena le calme dans le hall. Il se racla la gorge et prit la parole.

— Er-hum ! Je vous annonce que le gagnant du concours de sciences interscolaire de cette année est attribué à la quasi-unanimité à… Georges Greenby !

Applaudissements redoublés.

— Georges, poursuivit le principal, nous a présenté un magnifique exposé et je suis heureux de lui remettre le premier prix, un superbe ordinateur, offert par nos sponsors.

L'un des juges tira un énorme carton de sous la table et le remit à Georges.

— Merci, monsieur, merci ! s'exclama celui-ci.

Stupéfait à la fois par cette expérience unique et par la taille de son présent, Georges tituba le long de l'allée centrale. Mis à part un groupe de garçons assis au bout d'une rangée qui le foudroyaient du regard, tout le monde lui sourit quand il passa, son prix dans les bras.

— Tu nous le paieras, marmonna Ringo quand Georges arriva à sa hauteur.

Georges l'ignora et se hâta de rejoindre Éric, Annie et Suzanne près de la sortie.

— Tu as réussi ! Je suis fier de toi, le félicita Éric qui essayait de le serrer contre lui malgré l'énorme carton.

— Georges, tu as été génial ! ajouta Annie, un peu timidement. Je ne pensais pas que tu serais aussi à l'aise devant un public. Et ta science est assez étonnante, elle aussi.

— Je ne me suis pas trompé ? lui demanda Georges, inquiet en voyant Éric le débarrasser du carton. J'aurais dû remplacer « milliards » par « dizaines de millions », non ? Et quand j'ai parlé de Jupiter, je crois que j'aurais…

— Non ! l'interrompit Annie. Tu ne t'es pas trompé une seule fois, n'est-ce pas, papa ?

Tout sourires, Éric hocha la tête.

— La dernière partie était excellente. Tout était parfait. Et puis tu as gagné le premier prix ! Tu dois être très heureux.

— Je le suis, mais il y a juste un petit problème. Que diront mes parents quand ils me verront arriver avec un ordinateur à la maison ? Ils seront très en colère.

— Ou alors ils seront très fiers, rectifia une voix.

Georges se retourna et vit son père à côté de Suzanne. Il en resta bouche bée.

— Papa ? Tu étais là ? Tu as entendu mon exposé ?

— Oui. Ta mère a insisté pour que je vienne te chercher. Elle s'inquiétait pour toi ce matin. Je suis arrivé à temps pour l'écouter et j'en suis très content, Georges. Tu as raison, nous ne devrions pas avoir peur de la science. Nous devrions l'utiliser pour sauver la planète et non la bannir de notre vie.

— Cela veut dire que je peux garder mon ordinateur ? hurla Georges.

Son père sourit.

— Je crois que tu l'as bien mérité. Attention, juste une heure par semaine, ou mon groupe électrogène ne le supportera pas.

Soudain, on s'agita derrière eux et leur petit groupe

fut bousculé par le professeur Rex qui fendait la foule au pas de charge. Le suivaient Ringo et sa bande. Tous semblaient d'une humeur exécrable.

Georges les regarda passer puis se tourna vers Éric.

— Vous laissez partir T-Rex ? Vous n'allez pas le punir ?

— Euh, non ! marmonna Éric. Je pense que Tiburce se punit assez tout seul comme cela. Mieux vaut le laisser tranquille. Je doute que nos chemins se croisent à nouveau.

— Mais… mais… Éric, je voulais vous demander : Comment T-Rex vous a-t-il retrouvé ? Vous auriez pu vous rendre dans n'importe quel endroit du monde, mais il vous attendait là et il avait raison. Comment savait-il ?

— Tu sais, Georges… La maison voisine… Elle appartenait à mon ancien directeur d'études, l'homme à la barbe sur la photo.

— Mais il a disparu ! s'étonna Georges.

— En quelque sorte, répondit Éric. J'ai reçu une lettre de lui, il y a quelque temps, disant qu'il partait pour un très long voyage et qu'il ignorait quand il reviendrait, s'il revenait un jour. Il voulait que j'habite dans sa maison, si j'avais besoin d'un endroit tranquille où travailler avec Cosmos. Jamais il n'aurait imaginé que Tiburce attendrait ma venue, durant toutes ces années.

— Où est parti le vieil homme ?

— Il est allé…, commença Éric.

— On rentre ! annonça Suzanne avec fermeté. Je vous dépose ? demanda-t-elle au père de Georges.

— Merci, mais j'ai mon vélo. Nous ferons tenir l'ordinateur en équilibre sur le guidon.

— Papa ! se fâcha Georges. S'il te plaît, il risque de tomber.

— Cela ne me dérange pas de ramener Georges, insista Suzanne. Nous serons un peu serrés, mais si vous saviez tout ce qui peut tenir dans une Mini...

Ce soir-là, Éric, Suzanne et Annie dînèrent chez Georges. Dans la cuisine éclairée à la bougie, ils dégustèrent des légumes du jardin. Éric et le père de Georges eurent une discussion très enrichissante sur la recherche d'une nouvelle planète et la sauvegarde de la nôtre. Pendant ce temps, Suzanne aidait Georges à installer son ordinateur flambant neuf.

Annie alla donner à manger à Fred qui s'ennuyait dans son cabanon. Après avoir longuement papoté avec le cochon, elle rentra et passa la soirée à danser pour la maman de Georges et à lui raconter des histoires à dormir debout, que Rosemarie fit semblant de croire.

Après leur départ et la promesse que les militants écologistes discuteraient plus souvent avec les scientifiques et que les six nouveaux amis iraient voir le ballet *Casse-Noisette* ensemble, Georges monta dans sa chambre. Épuisé, il se mit en pyjama mais ne ferma pas les rideaux – il voulait regarder par la fenêtre depuis son lit.

La nuit était claire, le ciel étoilé brillait de mille feux. Une étoile filante traversa l'obscurité, sa longue queue étincelante de lumière brilla quelques secondes avant de se perdre dans le néant.

« Peut-être un petit morceau de comète, pensa Georges en s'endormant. Lorsqu'une comète dépasse le Soleil, elle se réchauffe et sa glace se met à fondre... »

**Fin du premier tome de la trilogie
de Lucy et Stephen Hawking**

**Deuxième tome à paraître
en septembre 2009
aux éditions Pocket Jeunesse**

Remerciements

Toute ma reconnaissance envers les nombreuses personnes qui ont eu la gentillesse de soutenir le projet *Georges*. Tif Loehnis, chez Janklow & Nesbit, a été si merveilleuse durant cette entreprise, à l'image de son équipe de Janklow UK. Eric Simonoff, chez Janklow & Nesbit USA, nous a apporté de vrais conseils stellaires. À Cambridge, Christophe Galfard a magnifiquement contribué à la créativité scientifique de l'intrigue, des images et des détails. De bon conseil, Judith Croasdell, chez DAMTP, nous a aidés à nous organiser avec patience, prévenance et gentillesse. Pour son endurance et sa générosité, Joan Godwin mérite des remerciements particuliers. Tout comme Sam Blackburn pour son soutien technique et son travail sur la version audio. Merci à la fantastique équipe médicale qui entoure mon père, pour le dévouement, la bienveillance et la bonne humeur avec lesquels ils effectuent leur travail.

À Random House, j'aimerais remercier Philippa Dickinson, Larry Finlay et Annie Eaton, qui ont accueilli *Georges* avec beaucoup d'enthousiasme ; Shannon Park et Sue Cook, avec qui ç'a été un vrai plaisir de travailler ; Garry Parsons dont les adorables illustrations ont donné vie au projet. J'ai une grande dette à l'égard de James Fraser, qui a créé une couverture à la fois magnifique et accrocheuse. Merci à Sophie Nelson et Julia Bruce, qui ont révisé et corrigé le texte avec soin, Markus Poessel qui a vérifié les faits scientifiques, Clare Hall-Craggs et Nina Douglas, Barry O'Donovan, Gavin Hilzbrich, Dan Edwards, Bronwen Bennie, Catherine Tomlinson, Juliette Clark et Maeve Banham, pour leur travail minutieux, leurs encouragements et leur bonne volonté.

Plus que jamais, un énorme merci à Maman et à Jonathan, pour tout, pour leur bonté sans faille et leur soutien indéfectible. Mais par-dessus tout, merci à mon papa cosmique. Quelle aventure extraordinaire nous avons vécue ensemble ! Merci beaucoup de m'avoir donné la chance de travailler avec toi. *Georges* a changé mon Univers.

Lucy Hawking

Vous avez aimé

Georges et les secrets de l'univers,

**offrez à vos enfants l'édition jeunesse
grand format illustrée par Gary Parsons**

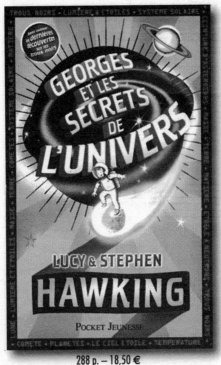

288 p. – 18,50 €

Cet ouvrage a été composé par
PCA – 44400 REZÉ

Impression réalisée sur Presse Offset par

C P I
Brodard & Taupin

48725 – La Flèche (Sarthe), le 21-08-2008
Dépôt légal : septembre 2008

POCKET – 12, avenue d'Italie - 75627 Paris cedex 13

Imprimé en France